KB077304

나는 이제 아티스트
(전문사진관에서 처음으로 프로필 사진을 찍다.
부채 속 글은 성빈이 직접 쓴 국창 임방울 선생님의 단가 '추억')

?

예인의 길을 향해
(언젠가 사진 속 모습처럼 멋진 아쟁의 명인도 되는 꿈을 꾸며)

?

광화문에서 아리랑을
(2015년 광화문광장 특설무대에서 열린 제3회 서울아리랑페스티벌에
참가하여 특별한 감동의 아리랑을 부르다)

예술의 밤에 빛나다
(2013년 예술이 빛나는 밤 초청무대,
박애리 선생님과 진도아리랑을 함께 부르다)

?

2013년 SBS 스타킹에서 오정해 선생님과
(오정해 선생님이 함께 서는 무대를 꿈꾸자고)

엄마는 늘 나에게 힘을 주신다

?

우리 형은 이등병, 휴가 나왔습니다

판소리 행복지수 높이기
(한복을 좋아하는 성빈이, 한복은 성빈이의 판소리 행복지수를 높여 준다)

?

누구 시리즈 ③

소리를 사랑하는 아리랑 소년, 장성빈 — 누구 시리즈3
장성빈 지음

초판1쇄 발행 2016년 9월 20일

지은이 장성빈
펴낸이 방귀희
펴낸곳 도서출판 솟대
등 록 1991년 4월 29일
주 소 서울시 금천구 서부샛길 606, 대성지식산업센터 b동 2506-2
전 화 02-861-8848
팩 스 02-861-8849
홈주소 www.emiji.net
이메일 klah1990@daum.net

제작 · 판매 연인M&B 02-455-3987

값 9,000원

ISBN 978-89-85863-59-9 03810

주최 ス●ㅊ |한국장애인문화예술단체총연합회| (사)한국장애인문화예술단체총연합회
주관 리날레 조직위원회
          사 한국장애예술인협회
후원 문화체육관광부   한국장애인문화예술원
          Korea Disability Arts & Culture Center

국립중앙도서관 출판시도서목록(CIP)

이 도서의 국립중앙도서관 출판예정도서목록(CIP)은 서지정보유통지원시스템 홈페이지
(http://seoji.nl.go.kr)와 국가자료공동목록시스템(http://www.nl.go.kr/kolisnet)에서
이용하실 수 있습니다.
                                              CIP제어번호 : CIP2016020828

3
누구 시리즈

소리를 사랑하는
아리랑 소년, 장성빈

장성빈 지음

힘든 길 위에서도 직진,
될 때까지 도전 또 도전하는 성장 메시지

도서출판
솟대

초대받고 싶다

성빈이와 같은 반 친구 어머니가 딸의 생일파티에 성빈이를 초대했다. 성빈이는 사람을 좋아하는데다 누군가의 초대를 받지 않고 살았기 때문에 예쁜 여자 친구의 생일파티에 초대를 받고 너무너무 좋아했다. 이제 아이들이 성빈이를 친구로 받아 주는 것 같아서 나도 기뻤다. 그래서 성빈이랑 같이 문구점에 가서 선물을 사서 들고 설레는 마음으로 생일파티에 갔다.

초대받은 다른 친구들과 생일축하 노래도 부르고 선물도 건네주고 그 아이 엄마가 준비한 음식도 맛있게 먹었다. 아이들이 저학년이다 보니 엄마들도 다 함께 왔다.

잠시 후 엄마들은 거실에서 담소를 나누고 아이들은 친구 방으로 우루루 들어갔다. 여자 아이의 방에 처음 들어가 본 성빈이 이것저것 둘러본 후 침대에 걸터앉으려 하자 아이들이 못 앉게 말렸다. 머쓱해진 성빈이가 이번에는 피아노 앞으로 다가가 "한 번 쳐봐도 돼?" 하면서 손을 뻗자 또 아이들이 한꺼번에 말렸다. 고장난다는 것이었다.

아이들의 일이라 개입하지 않고 지켜보고 있었는데 좀 있으니 두서너 명이 침대 위로 올라가 뛰기 시작했고, 한 무리의 아이들은 제각각의 방식으로 피아노를 두들기기 시작했다. 성빈이 표정이 이상해졌다. 그 상황을 성빈이에게 이해시킬 수가 없어서 바쁜 일이 있다며 성빈이를 데리고 나왔다.

조금만 더 있으면 성빈이가 그렇게 물을 것 같았다.

"엄마, 애들도 침대 위에서 뛰잖아. 애들도 피아노 치잖아?"

그러면 나는 뭐라고 대답해 줘야 할까? 내 마음속에서 이런 말들이 목구멍까지 올라오고 있었다.

―애들아, 성빈이를 침대에 앉지 못하게 하던 너희들은 침대 위에서 뛰고 있구나, 성빈이에게 피아노에 손도 대지 못하게 하던 너희들은 마치 피아노를 부술 기세로 건반을 두들기고 있구나.

씁쓸함만을 안겨 주었던 파티였다. 다른 사람에게는 허락되는 일들이 성빈이 같은 장애인들에게는 허락되지 않는 것이 우리 사회라는 것을 성빈이가 모르게 해 주고 싶지만 20년 남짓한 성빈이 인생에는 벌써 수많은 제재들이 있었다.

그런 불허를 장애인으로 살아가려면 감수해야 한다. 하지만 꼭 초대받고 싶은 곳이 있다. 바로 대학 입학이다. 성빈이는 입학의 문턱을 넘기 위해 수많은 좌절을 겪어야 했지만 대학 입학만큼은 성빈이가 초대받는 학생이 되길 간절히 바라고 있다.

그동안 성빈이가 열심히 노력하며 10년 동안 일궈 온 경력이 단순히 장애인임에도 불구하고 잘했다는 칭찬이 아니라 판소리에 대한 열정과 실력으로 평가받고 인정받아야 성빈이가 앞으로 더욱 노력하며 자신의 길을 찾아갈 수 있기 때문이다.

2016년 무더위 속에서
성빈 엄마

차례

어렵게 얻은 아기

...

첫 아이를 낳고 둘째 아이를 보기까지 9년의 시간이 필요했다. 계속 유산이 되었던 것이다. 당시 나는 칠곡에서 슈퍼를 하고 있었는데 일이 고되서 유산이 되는 것 같아 우리 부부가 진정으로 아기를 원한다면 가게를 그만두는 길밖에 없었다. 나도 남편도 아기 쪽을 택하였다. 돈은 나중에도 벌 수 있지만 아기는 시기를 놓치면 얻을 수 없는 귀한 생명이니 일을 포기하는 것이 마땅하였다.

둘째 아기를 보기로 하고 오로지 아기만을 기다리며 몸과 마음의 안정을 취하고 있을 때 꿈을 꾸었다. 지금도 그 꿈을 떠올려 보면 그것이 꿈인지 생시인지 모를 정도로 또렷하다. 나는 튼튼하고 잘생긴 진한 갈색의 말을 타고 하늘을 달리는 꿈을 꾸었다. 그 장쾌한 기분은 이루 말로 표현할 수 없었다. 뭔가 대단한 일이 벌어질 것 같았다.

이런 멋진 태몽을 꾸고 난 후 나는 뱃속의 아이가 딸이든 아들이든 건강하게 태어나기만을 바라면서 틈나는 대로 음악을 듣고 책을 읽고 안정을 취하면서 출산일을 손꼽아 기다렸다. 그때 내 나이 37살이라서 사실상 성빈이가 내게는 마지막 희망이었다.

그러나 아기는 세상 밖으로 나오며 많은 고통을 겪었다. 자연분만 도중 검사상 태아의 심음이 좋지 않아서 수술을 하게 되었는데 응급제왕절개술로 아기를 분만했을 때는 이미 심정지가 온 상태여서 심폐소생술로 간신히 숨은 돌아왔지만 의사는 아기를 포기하라고 하였다. 그리곤 산모와 가족을 위로하기 위해 기적이 있다면 아기가 살아날 수 있을 것이라고 덧붙였다.

오랫동안 성당에 나가지 않던 나는 너무도 염치 없었지만 눈물로 신의 이름을 불렀다. 제발 살려 달라고 간절히, 간절히 기도하였다. 신생아 중환자실에서 가장 중증이었던 아기가 죽음의 문턱에서 돌아왔다. 그 어린것이 살기 위해 생과 사를 넘나들며 얼마나 몸부림을 쳤을지 생각하면 지금도 마음이 아리다.

아기가 고비를 넘기고 생명을 건졌다는 기쁨도 잠시, 의사는 아이에게 어떤 장애가 올지 모르니 정상이 될 것이라고 기대하지 말라며 기대할수록 실망이 클 것이라고 말했다.

그러나 나는 아기가 살아서 나의 품에 안겼다는 것만으로도 감사하고 기뻤다. 나는 솔직히 그 의사의 말을 믿지 않았다. 그 당시 나는 장애에 대한 상식이 전혀 없었기 때문에 그 말뜻을 이해하지 못했던 것이다.

아기가 너무 예뻐서 쳐다보고 있으면 저절로 미소가 번졌다.

아이가 좀 이상해

...

건강했던 큰아들의 성장기와 비교해 볼 때 성빈이의 발육은 느리긴 했지만 하루하루 조금씩 조금씩 좋아지고 있다는 사실에 안도감이 들었다. 자라면서 이 격차가 좁아지고 좁아져서 언젠가는 또래 아이들과 같아질 것이라는 믿음이 있었기에 꿈에서조차 성빈이의 미래를 부정적으로 생각해 본 적이 없었다.

말이 좀 늦었지만 어른들께서 늦되는 아이가 있다 하셨고 활달한 행동은 사내아이니 그럴 것이라고 생각했을 뿐이었다. 또래 아이들보다 좀 늦긴 했지만 걷기 시작해서 의사가 내게 했던 그 예언은 보기 좋게 빗나가는 것처럼 보였다.

그러나 나만 모르고 있었다. 내가 성빈이를 자랑스레 업고 다닐 때 이웃의 엄마들이 '저 집 아기 뭔가 좀 이상한 것 같지 않느냐?'고 서로들 얘기했다는데 차마 그 말을 내게 전할 수가 없었다고 한다. 솔직히 나도 엄마들의 이상한 눈빛을 모르는 것은 아니었다. 하지만 나는 그 이상함을 애써 부정하고 있었다.

내 눈에는 세상에서 가장 예쁜 아기일 뿐인데 도대체 뭐가 어떻다는 거지?

이름을 부를 때 반응이 없었지만 아직 아기가 자기 이름이라는 걸 모르나 보다. 곧 자기를 부르는 걸 알게 될 거야.

나와 눈 마주침이 잘 안 되긴 하지만 얼마나 예쁜 눈을 가졌는지 나는 바라보기만 해도 행복해서 아기가 엄마를 보지 않는 것이 오히려 도도해 보였다.

말이 좀 늦긴 하지만 머잖아 말문이 터지면 그때 이 아이와 많은 이야기를 주고받게 되겠지?

이렇게 혼자만의 기대감에 부풀어 다른 사람들의 말에 귀를 기울이지 않았다. 그러나 지금은 누군가의 아기 엄마가 아기와 눈 마주침이 안 된다면, 이름을 불러도 아기가 돌아보지 않는다면, 말이 늦는다면, 행동이 지나칠 정도로 활발하다면, 보행이 늦어지고 있다면 빨리 정밀 진찰을 받아 보길 권할 것이다.

다섯 살이 되어 칠곡 면소재지에 있는 어린이 집에 성빈이를 데리고 갔다. 큰아들 때처럼 또래 친구들과 어울리다 보면 성빈이가 말도 빨리 늘 것이고 친구들의 얌전한 행동을 보면 곧 배워서 따라할 수 있을 것이라 생각했다.

그런데 성빈이를 어린이집에 맡겨 놓고 집에 돌아온 지 2시간도 되지 않아 전화가 왔다. 성빈이를 데려가라는 것이었다. 아이가 산만하고 말을 듣지 않아 도저히 못 보겠다는 것이었다.

그때도 나는 이렇게 생각했다. 다른 아이들은 3월에 원에 들어와서 몇 달 동안 질서가 잡힌 상태이고, 성빈이는 7월에 입학을 했으니 넉 달이나 늦었고 게다가 오늘이 처음인데 적응할 여유도 주지 않고 대뜸 데려가라는 것은 좀 너무하다 싶어 야속한 기분이 먼저 앞섰다.

어린이집은 성빈이가 세상 밖에 첫발을 내딛은 곳인데 보기 좋게 거부를 당하였다. 이런 거절은 성빈이 상급 교육기관으로 진학할 때마다 상처로 되풀이될 줄 그때는 미처 몰랐다.

성빈이 교육을 위해 아니 성빈을 받아 주는 어린이 집을 찾아 우리는 대구로 이사를 했다. 시골에는 장애아반이 있는 통합어린이집이 없었다. 결국 우리 성빈이는 대구 시내의 통합어린이집의 장애아반에 입학하였지만 말이 늦어서 그저 잠시 다니는 것이고 말문이 트이면 일반 아이들이 있는 반으로 옮기리라 마음먹었다.

성빈이의 말이 늦은 문제를 교정하기 위해 언어치료실에 데리고 갔다. 2, 3개월간 성빈이의 치료를 담당한 원장님이 조심스럽게 정밀 검사를 받아 볼 것을 권했다. 성빈이가 말이 늦는 것은 단순히 언어 자극이 부족해서 생긴 문제가 아닌 것 같다는 의견이었다.

원장님의 뜻에 따라 서울의 한 종합병원에서 여러 가지 검사를 받았다. 결과는 충격적이었다. 성빈이가 정신지체 2급 상태라는 것이다. 어떤 검사는 너무 산만해서 검사 불능이었으며 말이 늦은 것은 언어장애 상태이며 원인은 뇌기능장애에 의한 것으로 보인다는 진단이었다. 성빈이에게 필요한 교육은 특수교육이라고 못 박아 주었다.

집에 돌아와 펑펑 울었다. 나 자신의 무지를 통탄하며 울었고, 성빈이가 가여워서 울었다. 그 장엄하고 신비롭던 태몽은 한낱 꿈이 되어 버리는 순간이었다.

2014년 사랑의 가족 촬영 중

멀고 험한 길 위에서

...

어린이집 선생님이 성빈이의 소근육 운동기능이 다른 아이들보다 떨어진다고 말했다. 재활의학과에 가서 검사를 받아 보니 양손의 기능이 또래에 비해 50%밖에 되지 않았다.

―그래서 글씨가 그렇게 크고 삐뚤빼뚤하고 느렸구나.

여태껏 보이지 않았던 것들이 장애라는 이름표를 달고 나니 한꺼번에 내 앞에 나타났다. 도대체 내가 무엇부터 해야 할지 정신을 차릴 수 없었다. 뉴스에서 장애인에 대한 인권유린, 노동착취, 학대 등의 기사를 볼 때마다 우리에게 미래가 있을 것인가 하는 불안감에 차라리 성빈이와 내가 이대로 증발해 버렸으면 좋겠다는 생각을 하게 되었다.

그때 그 소아과 의사의 소견은 옳았다. 기대할수록 실망이 크다고 하였는데 내가 지금 장애를 수용하지 않은 교만의 댓가를 뼈저리게 받고 있었다.

성빈이는 2년 동안 통합어린이집에 다녔는데 마지막 1년은 통합수업이 가능하여 일반반에 들어갔다. 그러나 또래의 다른 아이들은 그때 초등학교에 입학하였다.

"엄마, 나는 왜 또 어린이집에 가요? 친구는 학교에 가요."라고 성빈이가 물었다. 성빈이가 그런 질문을 했다는 것이 너무 기뻤다. 성빈이도 자기가 다른 친구들과 똑같아지고 싶은 욕심이 있다는 것은 성빈이에게 발전 가능성이 있다는 의미였기 때문이다.

"성빈이는 어린이집에 늦게 들어왔잖아. 그래서 배울 게 아직 좀 남았어."

내 말에 안심이 되었는지 고개를 크게 끄덕였다. 나는 또 혼자서 생각하기 시작했다.

―까짓것 일 년 세상에 늦게 태어난 셈치지 뭐. 좀 늦더라도 열심히 앞을 향해 가는 게 중요한 거야. 하루하루 좋아지고 있잖아.

초등학교 입학을 1년 유예시켜 놓고 정상적으로 초등학교에 입학하지 못한 아쉬움을 그렇게 위로했다. 나는 그때부터 고민 속에 살았다. 특수학교로 갈 것인가? 특수학급이 있는 일반 초등학교로 갈 것인가? 일반 학교에서 우리 성빈이가 잘 적응할 수 있을까? 거기에서 적응을 못하면 특수학교로 가야겠지? 학교를 옮기면 아이가 혼란스러울 텐데…….

일반 학교에서 특수학교로 가는 것은 어렵지 않겠지만 한번 특수학교로 가면 일반 학교로 옮겨 가긴 더 힘들 거야. 일반 학교로 가야 돼. 성빈이가 건강한 친구들을 보고 더 많이 배울 수 있었으면 좋겠는데 아이들이 우리 성빈이를 놀리지는 않을까? 그런데 일반 학교에서 우리 성빈이를 받아 줄까?

1년이 다 되어 가도록 혼자서 무수히 많은 질문을 퍼부울 뿐 결단을 내릴 수가 없었다. 하지만 시간이 흘러 더 이상 갈등만 하고 있을 수는 없었다. 성빈이가 배정된 학교 특수반 선생님께 상담을 요청하고 성빈이를 데리고 학교로 갔다. 주변 환경에 자극을 많이 받는 성빈이는 그날따라 더 분주히 교실 안을 탐색하며 다녔고, 선생님은 그런 성빈이의 행동을 주의 깊게 살피시는 듯했다. 상담이 끝나자 특수반 선생님은

"성빈이를 위해서 특수학교로 가시는 게 더 좋을 것 같습니다."

선생님의 한마디에 성빈이의 일반 학교 입학이 좌절되었음을 느꼈을 때 더 이상 아무 말씀을 드릴 수 없었다. 선생님께 인사를 드리고 아이의 손을 잡고 교실 문을 나왔다.

그때 마음이 너무나 아팠지만 눈물을 참았다. 성빈이 앞에서 용감한 엄마이고 싶었고, 내가 하는 행동 하나하나가 성빈이에게 하나의 시범이 된다는 생각에 의연한 모습을 보여야 했기 때문이다. 성빈이는 엄마의 말씨나 행동을 그대로 답습하고 있기에 나는 거리에 휴지 하나도 버리지 않을 정도로 아이 앞에서 모범을 보이려고 애쓰며 살았다.

흔쾌히 수락을 못하고 그런 의견을 건네는 선생님의 마음도 무거웠으리라 생각되지만 성빈이의 손을 잡고 집으로 돌아오는 나의 발걸음은 한없이 무거웠다.

그날 저녁 선생님께 전화가 왔다.

"어머니 저희들이 최선을 다할 테니 저희 학교로 오세요."

선생님이 마음을 바꾸신 이유를 여쭤 보지는 않았지만 6년 동안 늘 성빈이 문제를 함께 고민하면서 나는 선생님의 마음을 읽을 수 있었다. 아마도 선생님께서는 그 당시 너무나 절박했던 나의 마음을 읽으셨고 그런 나를 도와주고 싶으셨구나 하는 것을, 그리고 그런 순간에 어떤 부모들은 법이 보장하는 권리를 주장하기도 하지만 내가 권리를 내려놓고 포용을 원하고 있다는 것을 아셨기 때문이 아닌가 싶다.

이렇게 어렵게 얻어 낸 성빈이 초등학교 입학식 날, 나는 너무나 감격스러워 가슴이 벅차오르고 눈물이 났다. 그 기쁨의 눈물을 다른 학부모들은 이해하지 못하리라.

성빈이 입학 후 특수학급에서는 국어, 수학 개별학습을 하고 나머지 과목은 일반반에서 통합수업을 받았다. 나의 최대 관심사는 성빈이가 친구들의 수업에 방해가 되는 행동을 하지 않았는지였고 거의 날마다 담임 선생님과 특수반 선생님과 상담을 하며 아이의 학교생활에서 눈을 떼지 않았다.

나는 성빈이 때문에 수업에 방해가 된다는 말을 아이들이나, 학부모로부터 들으면 우리 아이를 받아 준 선생님께 폐가 될까 봐 걱정이 되었고, 결국 학교에서 쫓겨나는 최악의 상황이 벌어질까 봐 두려웠다.

학교와 언어치료실에서의 교육이 가정에까지 일관되게 연결되어야 한다는 생각에 모든 선생님과 성빈이 사이에 징검다리 역할을 했다. 그날도 방과 후에 담임 선생님과 상담을 하던 중 선생님께서

"성빈이가 음악 시간에 전래동요를 곧 잘 불러요. 그쪽으로 공부를 한 번 시켜 보면 좋을 것 같아요."

성빈이의 학교생활에 대해 늘 마음을 졸이고 있던 내게 선생님의 권유는 너무나 뜻밖이었다. 정년퇴임을 얼마 남겨 두지 않은, 평생을 교단에서 보내고 계신 선생님의 안목이라 나는 선생님의 판단에 신뢰를 갖고 있었고 무엇보다 우리 성빈이의 단점만을 보지 않고 재능을 헤아리고 계셨다는 사실이 너무너무 고마웠다.

판소리로
길을 찾다

...

사실 장애아 부모들은 우리 아이가 무엇을 좋아하는지, 무엇을 잘할 수 있는지 그것을 찾아내기가 쉽지 않다. 하루하루 발생하는 크고 작은 문제들을 해결하기 바쁘기 때문이다.

1학년 여름방학을 맞아 집 앞에 있는 국악학원에 성빈이와 함께 갔다. 아니, 내가 먼저 학원에 찾아가서 이러이러한 사정을 말씀드리고 승낙을 받은 후에 성빈이를 데리고 갔다.

그곳이 마침 판소리학원이었는데 아이에게 장애가 있다는 말에 선생님께서 은근히 걱정을 하셨던 모양이었다. 예상보다 성빈이와 소통이 잘 되고 음감의 발달이 좋다고 만족해하셨다.

처음 판소리를 접하는 성빈이의 태도는 신천지를 만난 듯했고 일주일에 한 번 가는 레슨 날을 손꼽아 기다렸다. 선생님이 소리를 하실 때 여기저기 주변을 살피며 산만한 모습을 보이지만 선생님의 선창을 틀리지 않고 따라 불러 선생님께서 신통해하셨다. 판소리를 배운 지 3개월이 되었을 때 선생님께서 아마추어 국악경연대회가 있으니 한번 나가 보라 했다.

'이제 겨우 3개월이고 발음은 내가 들어도 제대로 가사 전달이 안 되는데 어떻게 대회를 나갈 수 있겠습니까?' 라고 반문하면서도 선생님이 권하시는 데는 뜻이 있으려니 하고 경험 삼아 나가기로 했다.

대회 의상을 마련하기 위해 시장에서 한복을 사서 입혔더니 성빈이가 신이 나서 어쩔 줄 몰라 하였다. 대회 준비는 그렇게 옷을 사고 무대 위에서의 예절을 가르치는 정도였다. 그 당시는 나도 경험이 없었기 때문에 엄마였지만 성빈이한테 도움을 주지 못하였다.

그런데 그 대회에서 뜻밖에 성빈이가 장려상을 받았다. 대회를 마치고 짐을 챙겨서 나오는데 어떤 명창 선생님이

"이 아이는 될 것입니다. 포기하지 말고 끝까지 시켜 보세요."

지쳐서 약할대로 나약해져서 허우적거리며 지푸라기라도 잡고 싶던 절박한 시기에 판소리가 한 줄기 빛이 되어 주었다. 비록 소리꾼이 못된다 하여도 판소리가 언어치료와 심리치료에 많은 도움이 되어 열심히 다녔다. 얼마의 시간이 지나자 말을 할 때는 어눌하던 발음이 창을 할 때는 또렷이 적어도 엄마 귀에는 그렇게 발음이 되는 기적과 같은 일이 나타났다.

그때부터 성빈이에게서 활기가 느껴졌으며 명창이 되겠다는 꿈을 품게 되었다.

성빈이는 어렸을 때 길을 가다가 각설이 공연을 보면 달려가 마이크

그저 예쁘기만 했어요
(누가 상상이나 했을까요, 이렇게 예쁜 아기가 장애를 안고 있다는 것을)

를 잡고 알아들을 수 없는 노랫말로 흥얼거렸는데 그 모습을 사람들은 재미난 듯이 바라보았지만 나는 난감해서 후다닥 달려가 상황을 종료시키곤 하였다. 두어 번 그런 일이 있은 후부터는 각설이 공연이 보이면 성빈이의 손을 잡고 다른 길로 둘러갔다.

외사촌 누나가 학교에서 운동회 연습으로 부채춤을 출 때 성빈이도 부채를 달라고 해서 주었더니 누나들이 연습을 하는 운동장 한켠에서 음악에 맞추어 혼자 춤을 추었다.

이름을 불러도 반응이 없던 아이가 TV에서 국악 프로그램이 나오면 기어가서 그 앞에서 꼼짝도 않고 보았다.

성빈이는 집에서 두루마리 휴지를 풀어 혼자 살풀이 춤을 추며 놀았다.

그때는 그런 행동들을 보고 그저 별스러운 걸 좋아하는구나 생각했었는데 자기 의사를 표현하지 못하는 성빈이의 내면에 국악에 대한 욕구가 꿈틀거리고 있다는 것을 나는 눈치 채지 못했고 그것이 재능이라는 것을 헤아리지 못했다.

그것을 발견해 내신 분이 선생님들이라 교사는 스승이라는 존경심을 갖고 선생님들께 더욱 의지하게 되었다.

1학년 2학기 반장선거 때 성빈이는 스스로 손을 들어 입후보하여 부반장에 뽑힌 일이 있었다. 그 사실을 방과 후에 알게 된 나는 염려스러운 마음에 담임 선생님께 달려갔다.

"선생님, 우리 성빈이가 상황 판단을 못해서…… 죄송합니다. 다른

떡잎 솟다
(초등학교 저학년 때 교내 동요대회에서 민요를 불러 은상을 타다)

친구에게 부반장을 맡기세요."

"그런 말씀 마세요. 성빈이는 친구들에 의해 선출된 거예요. 성빈이는 충분히 자격이 있어요. 그리고 성빈이를 선택해 준 친구들의 권리도 존중해 주어야 해요."

성빈이 선생님은 내게도 가르침을 주시는 스승이다. 어쩌면 가장 가까이 있는 엄마가 성빈이를 먼저 차별하고 있었던 게 아닌가 하는 반성을 하게 되었다.

부반장이라는 자긍심에 성빈이는 선생님의 심부름도 곧잘 하고 잘못된 행동도 스스로 고치려는 의지를 보여 교육의 힘이 이래서 위대하다는 사실을 깨달았다.

성빈이가 2학년 때의 일이다. 담임 선생님은 아니었지만 성빈이에게뿐만 아니라 나에게 큰 감화를 주신 특별한 선생님이 또 계시다. 나는 세상 모든 사람들에게 이 이야기를 들려주고 싶다.

그날도 오전 수업을 마친 성빈이를 교실에서 놀게 하고 나는 특수반 선생님과 상담을 하고 있었다. 특수반이 있는 층에는 상급학년 교실이 있었다. 그런데 옆 교실에서 진도아리랑이 흘러나오자 성빈이는 홀린 듯 후다닥, 정말 말릴 틈도 없이 교실을 뛰쳐나갔다. 성빈이의 돌발적인 행동에 혹시나 싶어 특수반 선생님과 내가 뒤따라 나갔는데 복도에 성빈이 모습은 보이지 않았다. 음악 소리를 따라가 보니 성빈이는 어느새 상급생 교실에 들어가 교탁 앞에서 진도아리랑에 맞추어 춤을 추고 있었다. 대형 모니터에는 '우리 가락에 맞추어 몸을 움직여 봅시다' 라는 글귀가 띄워져 있었다. 나는 머릿속이 하얘졌다. 이러지도 저러지도 못하고 쩔쩔매고 있는 나를 특수반 선생님이 진정시키셨다. 그 반 학생들도 느닷없는 상황에 황당하다는 듯 성빈이를 바라보고 있었고 상황을 파악하신 듯 그 반 담임 선생님께서는 아이들에게 손뼉을 치라고 하셨다. 그러자 아이들은 손뼉을 쳤고 성빈이는 음악이 끝날 때까지 춤을 추었다. 진도아리랑이 끝나자 성빈이도 춤을 끝내고 인사를 했다. 선생님께서는 또다시 학생들에게 박수를 치라고 하셨다. 그리고 아무 말씀 없이 성빈이를 꼭 껴안아 주셨다. 그리곤 특수반 선생님이 교실로 들어가 조용히 성빈이 손을 잡고 나왔다.

그날의 일은 내게 깊은 감명을 주었다. 위대한 선생님 덕분에 성빈이의 오늘이 있는 것이다. 만약 그 상황에서 선생님께서 성빈이의 행동을 제지시키고 아이들 앞에서 꾸짖으셨다면, 아이들은 우리 성빈이를 비웃고 비난했을 것이고 그것은 곧 수업 방해죄가 되어 학부모들의 책망으로까지 이어졌을 것이다.

그랬더라면 나와 성빈이에게 평생 지워지지 않는 부끄럽고 아픈 기억으로 남았을 것이다. 평생의 트라우마로 사람들 앞에 서는 일을 하지 못했을 것이다.

그때 그 선생님께서 지혜로운 방법으로 성빈이에게 자신감을 주었고, 학생들에게 배려와 존중을 가르쳐 주셨다. 그래서 지금 성빈이는 무대 위에서 누구보다 자유롭다.

이런 자신감을 주신 선생님과 성빈이에게 박수를 보내 준 그 학생들에게 지금 이 순간에도 축복을 빌고 있다. 그 선생님은 다음 해에 전근을 가서서 앨범에도 기록이 없고 성함을 기억하지 못하지만 선생님에 대한 고마움을 잊지 않고 있다.

2014년 예능장학생 워크숍

될 때까지 하자

...

성빈이는 판소리 대회를 나가면 입상할 때도 있었지만 떨어질 때도 많았다. 심사평은 늘 '발음 때문에 아쉬웠다.'였고, 어떤 선생님은 '언어장애만 극복하면 소리는 명창감'이라고 하였다. 하지만 뇌손상으로 초래된 언어장애는 그렇게 노력만으로 쉽게 극복할 수 있는 문제가 아니었다.

다리를 다쳐서 두 다리가 건강한 아이들과 같은 속력으로 달릴 수는 없는 상태인데 속력을 내라고 종용하는 대회에 한계가 느껴지기도 하였다. 엄마는 여기서 만족하자며 꿈을 축소시키고 있었지만 성빈이는 달리고 싶어했다.

나는 성빈이가 받을 상처가 두려웠지만 경쟁 사회에서 살려면 장애가 있든 없든 상처를 받게 되는데 상처가 두렵다고 피하면 엄마가 없는 세상에서 성빈이는 더 큰 상처를 받게 될 것이 뻔하기에 성빈이의 뜻대로 앞만 보고 달리기로 하였다. 나는 어떻게 하면 이 불리함의 편차를 줄일 수 있을까를 고민하게 되었다. 정말 근소한 차이로 입상하지 못했을 때 더욱 의지가 불타올랐다.

─그래, 대회 곡 한 곡을 정해서 될 때까지 한번 해 보자!

8개월간 흥보가 중 가난타령과 첫째 박 타는 대목만 연습했다. 판소리를 배운 지 4년째 되던 초등학교 5학년 때 달구벌 전국청소년국악경연대회에 나가 그 대목을 불러 처음으로 초등부 최우수상을 받았다.

그 대목으로 전주예중 입시 실기시험에서 비장애인 입시생과 공동수석을 하였으며 중학교 때 처음 나간 대회에서 중등부 대상을 받았다. 그때 우리가 얻은 교훈은 '할 수 있다. 될 때까지 하자.' 였다.

성빈이는 명창의 꿈을 꾼다. 그 열정만으로도 자격이 있기에 나는 망설임 없이 성빈이 예술중학교 진학을 위해 50년을 살던 대구를 떠나 전주로 이사를 갔다. 성빈이는 전주예술중학교에 학교장상을 받으며 명예롭게 입학하였다. 그러나 처음부터 명예로운 입학이 기다리고 있었던 것은 아니었다.

예술고등학교는 대도시뿐만 아니라 각 중소도시에도 있지만 예술중학교는 수도권에 몇 개 학교와 전주와 부산에만 있어서 나에게는 선택의 여지가 없었다.

예술학교를 가지 않고 특수학급이 있는 일반 학교에 진학할 경우 성빈이는 다른 친구들의 수업에 방해를 주지 않는 존재가 되기 위해 모든 에너지를 쏟아야 할 것이며 개별학습을 제외한 모든 교과목 시간을 무의미하게 흘러보낼 수밖에 없는데 그러기엔 그 시간들이 너무나 아까웠다.

예술중학교는 전공과 실기의 비중이 높아서 성빈이에게는 아주 유익한 시간이 될 수 있다. 그래서 소리의 고장이라는 전주로 삶의 터전을 옮기기로 결심하고 입시 원서를 내고 실기시험을 치렀다.

실기시험 전 교장실에서의 간단한 면접이 있었다. 면접은 몇 명씩 조를 지어 이루어졌는데 나는 교장실 문밖에서 마음을 졸이며 서 있었다. 그런데 잠시 후 성빈이의 '사랑가'가 들려왔다. 유독 성빈이 소리만 들리는 것이 의아해서 잠시 후 면접을 마치고 나온 성빈이에게 물었다. 그러자 성빈이는 아주 소상하게 그 상황을 설명하였다.

교장 선생님께서 '판소리를 얼마나 했냐?'고 물으시길래 '오 년 했습니다.'라고 대답했더니 '어디 한번 불러 보라.' 하셔서 사랑가를 불렀더니 '잘하네.' 하시더라는 것이었다. 이후 입시생들은 학교 공연장에서 한 명씩 비공개로 실기시험을 치르고 나왔고, 나는 성빈이에게 실수 없이 잘했는지 물었다. 그랬더니 성빈이는 '심사위원 선생님들께서 나더러 발음에 신경 쓰라는 뜻으로 선생님의 입을 가리키셨어.'라고 핵심을 정확히 설명해 주었다.

시험이 끝난 사람은 돌아가도 된다고 해서 우리는 홀가분한 마음으로 시외버스를 타고 대구로 향했다. 이미 버스는 고속도로 위를 달리고 있는데 교감 선생님이 전화를 주셨다. 직접 상담을 원하셨지만 되돌아갈 수가 없었다.

─장애 학생의 출현이 뜻밖이었을까? 그도 그럴 것이 입시원서에는 장애 유무를 기록하는 난이 없고 지면상 성빈이의 외모와 경력은 참하기 그지없다.

학교에서 상담을 원한다는 것은 뭔가 문제가 있다는 뜻이었다. 그래서 그날 저녁 나는 잠을 이루지 못하였다. 다음 날 아침, 꼭 면담을 하자는 연락을 받고, 부랴부랴 성빈이를 조퇴시켜 시외버스를 타고 택시를 타고 모악산 자락 밑에 있는 전주예술학교에 도착하니 오후 세 시가 넘었다.

학교 측의 입장은 이랬다. '이 학교에는 장애 학생을 위한 시스템이 아무것도 없다. 교육청의 지원도 기대하지 못한다. 특수반도 없고 특수교육을 전공한 선생님도 없다. 성빈이가 많이 힘들 것이다. 차라리 특수학급이 있는 다른 학교로 가는 게 낫지 않겠는가?' 하는 것이었다.

얼마 전 타도시의 어느 예술중학교에서 장애 학생의 입학을 거부한 사례가 있었기에 나는 학교 측의 입장이란 것이 그와 같은 맥락으로밖에 받아들여지지가 않았다.

내가 할 수 있는 일은 성빈이가 얼마나 판소리를 사랑하는지, 성빈이가 이 학교에 오고 싶어 얼마나 열심히 노력했는지를 호소하면서 나는 교육의 힘을 믿고 있는 사람이고, 나는 성빈이의 입학을 거절한다 해도 학교와 싸우면서까지 성빈이를 이 학교에 보내고 싶지는 않다고 밝혔다. 그러면서 장애인에 대한 사회의 문턱이 너무나 높다는 것을 이 자리에서 실감하고 있다며 솔직한 심정을 토로했다.

나는 초등학교 입학 상담 때는 선생님들 앞에서 눈물을 보이지 않았지만 이때는 참고 싶었지만 눈물이 저절로 쏟아졌다. 그때는 아무런 꿈도 없었지만 지금은 성빈이가 예술학교에 얼마나 오고 싶어 했는지, 입학을 준비하는 동안 꿈에 부풀어 그 힘든 연습 과정을 씩씩하게 견

더냈는지를 너무나 잘 알고 있기 때문이었다.

"엄마, 나 안 된데요?"

"선생님들께 인사드리고 가자."

내가 눈물을 흘리는 모습을 보고 성빈이도 따라 울었지만 나는 이 순간의 설움보다 앞으로 장애를 가진 우리 성빈이가 이 사회 속에서 눈물을 흘리는 날이 얼마나 더 많을지 그것이 나를 더 아프게 했다.

전주에서 대구로 돌아오는 길이 너무나 멀게 느껴졌다. 절실한 꿈이 좌절되는 것을 느낄 때 밥을 먹는다는 것조차 우리에게는 아무런 의미가 없었다. 머릿속에는 온통 우리 사회에서 성빈이 같은 아이들이 어떻게 살아갈 것인지에 대한 걱정과 울분으로 채워졌다.

실제로 예술중학교는 앞으로 예술을 전공하고자 하는 학생에게 배움의 기회를 주는 교육기관이다. 그런 친구들에 비해 몇 배의 노력을 기울여 온 성빈이에게 장애가 있다는 이유만으로 그 기회마저 주지 않는다는 것은 너무나 야속한 일이 아닌가? 우리가 그토록 부르짖던 평등한 교육의 기회는 어디에서 찾아야 하는가?

정말 서러운 날, 무지무지 서러운 밤이었다.

그다음 날 아침 교장 선생님으로부터 다시 전화가 왔다.

"어제 많이 서운하셨지요? 어제 늦게까지 회의를 해서 결정하였습니다. 학교 홈페이지에서 합격자 명단 확인하세요. 어머께서 더 많은 신경을 쓰셔야 할 겁니다. 저희도 최선을 다하겠습니다."

컴퓨터를 켜서 검색어 창에 학교 이름을 쓰고 홈페이지로 들어가서 합격자 명단 공지를 찾아가는데 손이 바르르 떨렸다. 분명 합격 사실을 통보받았건만 내 귀를 의심하며 내 두 눈으로 확인하고 싶었다.

전주예술중학교 2012학년도 합격자 명단에서 장성빈 이름을 확인하고 나니 온몸에서 기운이 쫙 빠져나가는 것 같았다. 어제 하루 종일 쏟아 냈던 원망이 부끄러웠다. 세상에는 좋은 사람들이 더 많고, 세상은 정의롭고 아름답게 운영되고 있다는 사실에 안심이 되었다.

나중에 알게 되었지만 입시 실기 동영상을 보신 어떤 선생님께서는 '성빈이가 이렇게까지 잘할 줄 몰랐다.'며 놀라워하셨고. 입시 심사를 맡으셨던 한 선생님은 '성빈이는 발음만 부족할 뿐 다른 면은 비장애 학생보다 훨씬 우수하다.'며 성빈이에게 최고 점수를 주셨다고 한다. 또 어떤 선생님은 '이 학생을 받지 않으면 나중에 후회하게 될 것'이라며 성빈이의 입학을 강력하게 주장하셨다고 한다.

하지만 특수학급이 없으니 성빈이의 입학이 불가능하다는 의견도 만만치 않아서 반대와 찬성 의견이 대립되어 밤 10시까지 교무회의를 2번이나 개최한 것은 개교 이래 처음이라고 하니 당시 나의 서러움과 고민만큼이나 선생님들의 고민도 깊었던 것이다.

학교가 성빈이의 입시 점수를 정직하게 처리해 주신 것은 전주예술중학교가 정말 모범적인 교육기관이기 때문이다. 실기가 비공개로 치러진 시험이고 점수 역시 비공개이므로 성빈이의 실기시험 점수가 합격점 미달이라고 하면 학교 측에서는 아무런 고민을 할 필요가 없었을 것이며 나도 이의를 제기할 수 없었지만 학교에서는 모든 것을 공개하여 최선책을 찾으려고 노력하였다.

그 결과 입학식 날 성빈이는 비장애인 친구와 국악과 공동수석 입학으로 학교장상을 받으며 당당히 입학하는 기쁨을 누렸다.

지금 전주예중 본관 벽에는 2016년 장애인의 날에 성빈이가 받은 대통령상 수상을 축하하는 현수막이 걸려 있다.

전주예중 입학이 확정된 성빈이는 초등학교 졸업식에서 그야말로 빛나는 졸업장을 받았다. 학교를 빛낸 어린이와 모범 봉사자로 선정되어 학교장상을 받았고 장학금까지 주시며 예술중학교로의 진학을 축하해 주었다.

그런데 그보다 더 빛난 것은 초등학교 때 성빈이를 힘들게 했던 한 친구가 졸업식 후 교실에서의 마지막 순간에 '그동안 미안했다.'며 성빈이에게 사과를 한 일이다.

그 친구는 성빈이에게 '너는 장애인이라 명창이 될 수 없어.'라는 모진 말로 성빈이에게 상처를 주었던 친구였다. 심심하면 우리 집에 놀러와서 성빈이와 잘 놀았지만 학교에 가면 모르는 척하거나 쌀쌀맞게 대해 성빈이에게 혼란을 주었던 그 친구의 사과로 성빈이의 초등학교 생활은 해피엔딩으로 마무리지어졌다.

나는 마지막 순간에 사과한 그 친구의 용기를 높이 산다.

간절함

절규
(심청가를 부르는 성빈, 심봉사의 고통을 알고 있는 것 같다)

또 다른 문제들

...

전주예술중학교의 입학은 끝이 아니고 시작이었다. 특수학급이 없는 환경에서 성빈이가 잘 적응해 낼 수 있을지, 또래 관계로 힘들지나 않을지 걱정을 하면서도 아이들이 컸는데 하며 내심 안심을 하고 있었지만 초등학교 때보다 더 심각한 문제들이 도사리고 있었다.

나는 성빈이와 함께 스쿨버스를 타고 등하교를 하였다.

초등학교 때처럼 성빈이의 상황을 늘 살피면서 선생님과 긴밀히 상담을 했고 성빈이가 교과 수업을 들어간 시간 동안 나는 학교 복도와 계단 등을 청소했다.

방과 후에 아이들이 당번 구역을 청소하는데 내가 좀 수고를 하면 아이들이 수월하겠지 싶었고, 맑고 깨끗한 환경 속에서 아이들이 더 예쁜 꿈을 꾸었으면 좋겠다는 생각에서였다. 마침 청소를 하던 아주머니들께서 사정상 일을 못하게 되자 학교에서 조심스레 내게 물었다.

"성빈이 어머니 어차피 성빈이 때문에 날마다 봉사해 주시는데 성빈이가 학교 다니는 동안 만이라도 학교를 돌봐주세요."

그래서 나는 성빈이 덕분에 학교 일을 하며 용돈을 벌 수 있었는데 성빈이가 공부하는 동안 무료하게 시간을 보내지 않게 된 것이 더 반가웠다.

　예술에 대한 열정이나 노력 면에서는 성빈이가 가장 열심히 한 학생이라는 점은 많은 선생님들이 인정하시는 바였지만 언어와 사회성이 뒤지는 성빈이에게 또래 관계는 늘 힘든 과제였다.

　장애를 가진 학생들이 학교 현장에서 겪는 고초들이 우리 성빈이에게도 예외는 아니었다. 엄마가 항상 학교 내에 있었으나 문제는 늘 틈새에서 생겨났다.

　1학년 때 있었던 일이었다. 학생들의 등교 무렵에 급식 우유가 배달이 되고 1, 2교시경에는 학생들이 거의 우유를 다 마신다. 어느 날 오후에 개인 실기 시간이 끝나고 종례를 하러 교실로 돌아왔을 때 갑자기 한 여학생이 울고불며 소리를 질러 교실 안이 소란해지기 시작했다. 교실 밖에 있던 나는 무슨 영문인지 알 수 없었다. 때마침 교생실습 기간이었고 담당 교생 선생님이 담임 선생님 대신 종례를 하기 위하여 교실로 들어왔는데 아이들의 이야기를 듣고는 성빈이에게 책임을 묻기 시작했다. 그 여학생의 책상 위에 우유를 뱉어 낸 듯한 상황이 벌어져 책 등이 더러워졌는데 누가 그랬냐고 했을 때 누군가가 성빈이를 지목했다는 것이다. 성빈이가 아무리 그런 일을 하지 않았다고 해도 교생 선생님은 믿어 주지 않았고 젊은 교생 선생님은 내게 '성빈이가 거짓말 하는 것이다.'고 단정 지어 판결하였다.

나는 하도 기가 막혀서 어떻게 해서든지 성빈이의 결백을 증명해 보여야겠다는 생각밖에 들지 않았다. 그래서 담임 선생님을 만나 이 일에 대해 말씀드리며 몇 가지 의문점을 지적했다.

우유는 아이들의 등교 시간에 맞추어 오고 배가 고픈 아이들은 1, 2교시 때 거의 우유를 다 먹는다. 성빈이에게 몇 교시에 우유를 먹었냐고 물었을 때 오전 전공 시간에 개인 연습실로 갈 때 우유를 들고 가서 2교시 때 먹었고 다른 친구와 함께 같은 시간에 먹었다고 했다. 그 시간은 늦어도 대략 오전 11시경으로 추정된다.

아이들이 종례를 위하여 교실에 들어온 시간은 오후 3시 30분이 넘은 시간이었다. 그렇다면 오전 11시에 먹은 우유를 성빈이가 4시간 30분이 지난 이후에 역류해서 뱉어 낼 수 있는가? 일반적인 상식으로 보았을 때 가능한 일이냐는 의문을 제기하자 선생님께서는 직접 알아보겠다고 하셨다.

다음 날 담임 선생님께서 아이들에게 엄하게 이 일에 대해 따지셨고 이 일에 가담한 학생들은 모두 책상 위로 올라가서 무릎을 꿇으라고 하자 몇몇 학생들이 책상 위로 올라가 무릎을 꿇었다.

그때 교실에 있던 성빈이는 기절할 뻔했다고 말했다. 그 학생들 가운데 울고불고 난리를 쳤던 바로 그 여학생이 포함되어 있었던 것이다. 한마디로 자작극이었다. 뱉어 낸 우유처럼 보였던 물질의 정체는 목공예 풀에 물을 섞어 흔들어 뿌리면 그런 현상이 나타난다는 것을 그때 처음 알았다.

목공예 풀에 물을 섞어 흔들어 뿌렸을 때 그런 현상을 연출할 수 있다는 것을 알고 있다는 것은 보통의 아이들이 도모할 수 있는 장난스러운 방법은 아니었다.

나는 그런 사태를 미연에 예방하지 못한 학교를 원망할 생각은 조금도 없었다. 선생님들은 늘 학생들 개개인에 대해 깊은 관심을 갖고 있었으며 성빈이가 고충을 토로할 때마다 위로와 격려를 보내 주셨으니 말이다. 만약 그날 교생 선생님이 아닌 담임 선생님이 종례에 들어가셨다면 문제는 그렇게 커지지 않았을 것이다. 교생 선생님은 여러 면에서 미숙했다.

성빈이를 따라 학교에 다니다 보니 선생님들의 수고로움을 피부로 느낄 수 있었다. 나는 할 수만 있다면 그 수고를 덜어드리고 싶어 내가 해결하려고 애썼다. 그 사태를 모의하고 자작극을 벌인 특정 개인에게 원한을 품을 마음도 없다. 비겁한 군중심리가 한탄스러울 뿐이었고 그 대상이 우리 성빈이처럼 약자라는 사실이 안타까울 뿐이다.

아이들의 세계나 어른들의 세계나 사람 사는 세상이면 어디든지 일어날 수 있는 일이며 실제로 얼마나 많은 사건들이 우리의 가슴을 아프게 하는가?

사건의 범인으로 지목돼 수감 생활을 하던 중 진범이 잡히는 바람에 풀려났다는 어느 장애 청년의 기사를 보며 분노했던 적도 있었다. 억울한 일을 당했을 때 장애를 가진 우리 아이들이 스스로의 결백을 주장할 수 없다는 사실이 가장 두렵다.

소용돌이처럼 우리의 감정을 극으로 끌고 간 사건이 연이어 또 벌어졌다.

어느 선배 여학생이 금목걸이를 잃어버렸는데 성빈이와 같은 반 학생이 보니 우리 성빈이가 그 목걸이를 목에 걸고 다니더라는 것이었다. 그때 성빈이는 원형 테두리가 금속으로 된 헤드셋을 목에 걸고 다녔었다. 밖에 나가 햇빛에 반사되면 틀림없이 번쩍이는 빛을 발할 것이다.

그러나 성빈이를 운동장에서 보았다는 그 시각은 종례시간이었고 그 남학생 성빈이도 교실에 있었으며 나는 교실 밖에 있었다. 그런데도 그 학생은 분명히 그 시각에 성빈이가 목에 목걸이를 걸고 있는 것을 보았으며 햇빛에 번쩍이기까지 했다고 증언하였다. 그 황당하기 짝이 없는 주장 때문에 성빈이가 또 곤욕을 치러야 했다. 나는 아이들 앞에서 성빈이의 가방을 뒤집어 털어 보이기까지 했고 내 속도 이미 뒤집어져 있었다.

만약 성빈이가 목걸이를 주웠으면 필경 주인을 찾아 주기 위해 교무실로 갔을 것이다. 그런 것을 가르치기 위해 나는 성빈이 곁을 지키고 있는 것인데 내 믿음에 이렇게 찬물을 끼얹는 일들이 생겨 나를 분노케 하였다. 그 여학생이 얼마나 굵은 목걸이를 잃어버렸는지는 모르겠으나 햇빛에 번쩍일 정도의 목걸이를 갖고 다녔을까? 어린 중학생이?

여학생들이 치장을 위해 일반적으로 걸고 다니는 사이즈의 목걸이라면 우리 성빈이처럼 양손 협응 능력이 떨어지는 아이는 절대 혼자서 그 가는 목걸이를 목에 두른 채 고리를 스스로 끼울 수 없다. 정밀한 작업을 해야 할 때 성빈이 손가락은 경련을 일으킨다. 장난감 블록이나 장기 알을 높이 쌓을 때도 그렇고 일반적으로 작업의 완성도가 현저하게 떨어진다. 성빈이의 양손 협응 능력은 50% 수준이다.

담임 선생님도 그런 사실을 충분히 알고 계셨지만 아이들은 말을 잘 못하고 지적 능력이 떨어진다는 이유로 사건이 발생하면 무조건 성빈이를 지목하였다. 자칫 이런 억울한 상황에서 자기 방어로 폭력적으로 되지 않을까 싶어서 나는 성빈이에게 그 어떤 일이 있어도 사람을 때리면 안 된다고 가르쳤다. 그래서 성빈이는 친구들에게 맞는 편을 택한다.

한번은 성빈이가 어떤 친구가 자신을 발로 찼다고 했고 그 친구는 절대 그런 일이 없다며 담임 선생님 앞에서 맹세까지 했다. 나는 잘잘못을 가려내고 싶어서가 아니라 성빈이는 거짓말을 하지 않는다는 것을 증명해 보이고 싶어서 '누가 거짓말을 했는지 CCTV는 알겠네.' 하며 CCTV를 돌리자고 하자 그 학생은 머리를 떨구었다.

이런 일들이 연거푸 일어나자 나는 심한 갈등에 빠져들었다. 햇볕이 강하면 그림자도 깊다고 했던가? 꿈을 펼쳐 가는 과정에서 얻는 것도 많았지만 감내해야 하는 고통이 더 컸다. 그 당시에는 고통의 무게가 너무 버거웠지만 지나 놓고 생각하면 우리에겐 정말 엉터리같이 우스꽝스러운 일들이었다. 성빈이가 많이 힘들 것이라는 선생님의 말씀이 바로 이런 것을 염려해서 하신 것이구나 싶었다. 특수학급은 아닐지라도 교육청에서 지원을 받을 수 있는 방법을 찾고자 교감 선생님과 담임 선생님은 여러 방면으로 애를 쓰셨고 일시적으로 도우미 선생님이 학교로 파견을 나오셨으나 교육청 예산 부족으로 그나마 2학기에 중단되어 성빈이를 돌보는 일은 오롯이 내 몫이 되었지만 그것이 전혀 힘들지 않았다.

2015년 무지개예술제 대상의 무대

사춘기는 괴로워

...

성빈이가 판소리를 얼마나 사랑하는지 모르는 분들은 그런 생각을 할지도 모르겠다. 도대체 장애를 가진 아이에게 판소리를 시킨다는 것은 얼마나 허망한 꿈이며 언제 물거품이 되어 버릴지⋯⋯ 더구나 예술을 전공시킨다는 것은 부모의 경제적인 뒷바라지가 당사자의 재능만큼이나 필수적인 요소일진데 건강한 아이가 아닌 장애아에게 투자를 하는 것을 보고 저 아이의 엄마는 밑 빠진 독에 물을 붓고 있는 게 아닌가 하는 생각을 하는 사람도 있었다. 사실 발달장애아를 예술가로 키우고 싶어 예술교육에 올인한다는 것은 도박이다. 개인 레슨비, 대회 참가 준비비용, 무엇보다 대회나 공연을 위해 전국을 다니려면 교통비도 만만치 않다. 또한 시간의 투자도 무시할 수 없는 큰 몫을 차지한다.

성빈이가 태어난 후 남편이나 큰아들에게 소홀한 것이 사실이다. 생사를 오가다가 겨우 살아난 아이여서 장애를 진단받기 전에는 아플까봐 늘 노심초사했었다. 그러다 5살 때 장애 판정을 받고 난 후에는 조금이라도 장애를 경감시켜서 정글과 같은 사회 속에서 엄마 없이 살아갈 수 있도록 해야 한다는 미션을 갖고 살았다.

그렇게 성빈이에게 매달려 있는 동안 남편은 사업 실패로 우리 가족들에게 더 큰 고통을 주었다. 성빈이 돌보는 것 외에 가정을 꾸려 가는 일도 내 몫이 되었다. 오히려 큰아들은 스스로 자기 길을 찾아 엄마와 동생의 울타리가 되어 주고 있다.

경제력이 있으면 좀 더 편하게 아이를 돌볼 수 있겠지만 아이를 지켜 내는 것은 강한 모성이기에 나는 그 어떤 상황에서도 성빈이 손을 잡고 놓지 않았다.

1학년 여름방학이 끝난 첫 등교일에 성빈이의 표정이 몹시 어두웠다. 나는 교실에서 무슨 일이 있었는지 걱정이 되었다.

"무슨 일이야?"

"……."

"네가 말하지 않으면 선생님한테 물어본다."

"○○가 전학을 갔어."

여느 학교도 마찬가지겠지만 예술학교라는 곳은 입학을 했다가도 적성이 안 맞거나 가정 사정 등으로 전학을 가는 것은 그리 특별한 일이 아니다. 그런데 성빈이는 그 친구의 전학에 풀이 죽어 있었다. 나도 서운하였다. 성빈이에게 참 좋은 친구였는데…….

알고 보니 성빈이는 그 친구를 이성 감정으로 짝사랑을 하고 있었다. 성빈이가 그 여학생을 좋아하게 된 것은 그 아이가 성빈이 말을 끝까지 들어 주었기 때문이었다. 다른 아이들은 성빈이가 어눌하게 말을 하니까 답답해서 중간에 말을 끊어 버리거나 피하기 일쑤이지만 그 아이는 성의껏 들어 주었던 것이다.

그 아이의 감정은 아마도 배려였을 것이다. 하지만 또래에게서 친절을 받아 보지 못한 성빈이 입장에서는 우정 이상의 감정이었다. 그 여학생과의 이별로 성빈이는 가슴앓이를 하였지만 엄마인 나로서는 한편 그 가슴앓이조차 반가웠다. 사람들은 성빈이 장애만 보고 보통 아이들과 다르게 생각하고 심지어 아무것도 모른다고 생각하지만 성빈이는 보통 아이들과 똑같은 성장 과정을 가고 있다는 것이 자랑스러웠다.

그 무렵 성빈이가 자주하던 질문이 있었다.

"결혼하면 엄마와 같이 살아야 돼?"

"왜? 성빈이는 엄마랑 같이 살기 싫어?"

"아아… 아니……."

라며 곤혹스러워하던 성빈이가 떠올라 가끔 혼자 빙그레 웃곤 한다.

성빈이의 첫사랑은 엄마도 모르는 사이에 시작이 되고 끝이 났지만 성빈이를 남자로서 성장시켰다.

"성빈아 여친 생기면 엄마한테 말해."

"난, 판소리하고 결혼할 거야."

라며 어른스럽게 말한다.

무조건 배우자

...

  우리가 전주로 오기로 결심하게 된 이유 중 하나는 도립국악원의 우수한 강좌 프로그램 때문이기도 했다. 과목이 다양하고 수강료도 저렴하고 시간대도 주, 야간으로 편성되어 있어서 방과 후에 다닐 수가 있었다. 무엇보다 교수진이 명창, 명인급의 선생님이라 개인의 노력 여하에 따라 수준 높은 교육을 받을 수 있다는 장점이 있다. 성빈이에게 가무악에 대한 기본 공부를 시키자면 개인 레슨으로는 도저히 감당할 수가 없는 형편이라 기회가 되면 다양한 프로그램들을 접목시켜 주고 싶었다.

  주말이면 명창, 명인 선생님들의 공연을 보기 위해 전통소리문화관, 소리의 전당, 남원 민속국악원 등지로 부지런히 발품을 팔았다. 거의 모든 공연이 무료 공연이어서 발품만 팔면 얼마든지 최고의 국악 공연을 가까이에서 볼 수 있다는 것이 소리의 고장다운 이곳 전주의 장점이다. 시청각교육 면에서는 전주가 더할 나위 없이 좋은 여건을 갖춘 곳이라고 생각한다. 대구에 있을 때는 성빈이가 보고 싶어 하는 명창 선생님의 공연을 보기 위해 서울에도 몇 차례 올라가곤 했지만 이곳 전주는 서울에 있는 선생님들이 내려오시니 말이다.

위기가 기회라고 했던가! 학교에서 그런 일련의 사건이 발생한 후 나는 생활기록부를 포기하고 전공 수업이 없고 일반 교과목으로 편성된 오후에는 성빈이를 조퇴시켜 국악원으로 데리고 갔다.

학교에서는 성빈이가 외부 프로그램을 이용해서 공부하는 시간을 출석으로 인정해 주고자 여러 차례 교육기관에 문의하였으나 특정 학생에게만 특혜를 주는 사례가 될 수 있다며 공정성의 문제로 불허하였다. 그래서 성빈이의 중학교 생활기록부에는 병 조퇴 일수가 많다.

하지만 지나고 보니 그 시간이 성빈이에게는 예술적 기량을 향상시키는 소중한 기회였다. 전공과목인 판소리와 함께 가야금과 시조, 한국무용, 고법 등의 기초 공부를 병행할 수 있었으니 말이다.

가끔씩 성빈이와 나는 웃으면서 그 친구들에게 감사해야 한다고 그 때를 떠올린다. 학교생활이 그저 무난하기만 했다면, 아무런 시련이 없었다면 우리가 이처럼 열심히 했을까?

성빈이 덕분에 나도 많이 배우고 있다. 독도 잘 쓰면 약이 되는 이치를.

성빈이는 중학교 3년 동안 많은 국악경연대회에 나가 수상하였고 장애 학생 콩쿠르에서 대상을 받아 교육부 장관상을 받았다. 재능을 이용한 지속적인 요양원 봉사 활동을 통해 전국중고생 학생자원봉사 대회에서 동상을 수상하였고, 제1회 전북자랑스러운 청소년상 장애부

열창
(성빈이의 꿈과 열정이 언어가 아닌 소리에 녹아 나오는 무대)

저 스타킹에 나왔어요

문에 선정되어 전북도지사 표창을 받았다.

또 SBS '스타킹', KBS '아침마당' 등에 출연하여 성빈이의 특별한 삶이 소개되면서 전국에서 정말 많은 사람들이 성빈이를 응원해 주었다. 성빈이가 명창이 되는 꿈을 이룰 수 있도록 장학금을 주시기도 하고 성빈이를 직접 가르치시겠다고 하는 분도 있었다. 음식점에 가면 TV에서 봤다며 서비스로 맛있는 요리를 더 주시기도 하였다.

무엇보다 성빈이는 학교에서 인정을 받았다. 입학 초기에 있었던 아픔이 말끔히 잊혀질 만큼 성빈이는 많은 성과를 이루어 냈다. 입학 때 성빈이를 '우리 학교의 보물'이라고 하셨던 교감 선생님께서는 성빈이의 성장을 지켜보시며 흐뭇해하셨다.

성빈이의 전주예술중학교 졸업은 자랑스러웠다. 나는 졸업식날 장한 어머니상을 받았다. 나는 전주예술중학교 모든 선생님들을 존경한다. 지난 3년간 특수교육 시스템이 없는 가운데 성빈이가 자신감을 잃지 않고 꿈을 키우며 순탄하게 졸업을 하게 된 것은 정서적 지지를 아끼지 않으신 선생님들이 계셨기 때문이며, 3년간 담임 선생님들과 특히 박교선 교감 선생님의 특별한 노고 덕분에 성빈이가 성큼 성장할 수 있었기에 깊이 감사드린다.

봉사도 공부다

...

성빈이의 첫 봉사 활동은 초등학교 5학년 때 겨울방학을 앞두고 학교 선생님 인솔 하에 친구들과 인근 요양원에 공연을 가게 되면서 시작되었다. 초등학생들의 공연인지라 어르신들께는 손주처럼 마냥 귀엽고 반가운 소박한 무대였을 것이다.

그해 성빈이가 판소리대회에서 처음으로 최우수상 교육감상을 받은 것이 학교에서는 커다란 자랑이어서 성빈이를 데려간 것이었는데 첫 봉사 공연에서 판소리와 민요를 불러드린 것이 어르신들께 큰 인기를 끌었다.

그 후 성빈이는 친구사랑봉사단의 단원이 되어 요양원 봉사 활동을 갈 때마다 참여하게 되었다. 나로서는 사실 고수비의 부담이 있었지만 다행히 고수 선생님은 교통비 정도만 받으시고 흔쾌히 봉사 활동에 동참해 주셨다.

봉사 활동이 거듭되다 보니 곡이 중복되지 않도록 판소리의 다른 대목을 늘 연습하고 어르신들이 좋아하시는 민요와 옛 가요까지 준비하였다. 그런 준비 과정이 성빈이에게는 큰 공부가 되었고 자기 계발의 기틀이 되어 주었다.

성빈이 순서 때면 휠체어에 앉아 계시던 할머니가 일어나서 같이 춤으로 화답해 주시어 더 큰 힘이 되었다. 공연이 끝나면 '꼭 명창이 되라.'며 성빈이 손을 잡고 격려해 주셨고, 내게는 '아이 뒷바라지하느라 고생이 많다.'며 오히려 위로해 주셨다.

중학교 입학 후 첫해에는 마땅한 봉사 활동처를 찾지 못해 국악원의 청소를 하고 아는 누나가 봉사 활동을 하는 서대전역사 안 시민을 위한 공연에 함께 참여했다. 겨우 전주 지리를 익히고 이방인의 서먹함이 조금 가실 무렵 성빈이의 재능으로 개인적인 봉사 활동을 할 수 있는 게 없을까 싶어 자원봉사 사이트를 검색하다가 집 근처 요양병원에서 레크레이션 봉사자를 구한다는 게시글을 보았다. 초등학교 때는 선생님과 친구들이 함께해서 든든했는데 혼자서 어떻게 프로그램을 꾸려 갈 것인지 걱정도 되고, 또 장애를 가졌다고 성빈이를 꺼리면 성빈이가 얼마나 마음이 아플까 하는 등등의 염려가 이어졌지만 일단 사회복지사 선생님께 전화를 하고 성빈이를 데리고 요양병원으로 갔다.

성빈이 혼자서 봉사 프로그램을 이끌어 가는 것은 처음이라서 나는 긴장이 되었다. 하지만 성빈이는 어르신들 앞에 나가서 큰절을 올리고는 "저는 전주예술중학교에서 판소리를 전공하고 있는 장성빈입니다."라고 자신을 소개한 후 공연을 시작하였다.

성빈이가 자장단으로 북을 치며 판소리 한 대목을 부르고, 장구를 치며 민요도 불렀다. 노래방 기기에 맞추어 옛 가요도 불러드렸는데 인터넷 노래방 프로그램의 음정조절 방법이 우리가 연습했던 노래방 기기와 달라 키 조정을 잘못해서 그날 성빈이의 가요는 연습한 성과를 내지 못했다. 그래도 어르신들은 처음 봉사 활동 온 어린 학생을 손주마냥 귀여워해 주셨다. 성빈이는 자신의 공연이 마음에 차지 않아 속상해하고 있는데 어르신들의 노래자랑이 시작되었다.

노래방 기계가 있긴 했지만 연로하신 어르신들이라 가사와 박자 맞추기가 힘이 드시는지 그냥 무반주로 노래를 부르는 것이었다. 사회를 보는 사회복지사 선생님께 장구로 장단을 해 드리겠다 말씀드리고 바로 성빈이가 장구 장단을 쳤다. 이 요양병원에서 어르신들이 반주에 맞추어 노래를 불러보기는 처음이라며 무척 즐거워하셨다. 어르신들이 박자가 틀려도 성빈이가 용케 장단을 맞추어 드리는 것이 너무도 신통했고 어르신들은 레크레이션이 끝난 후 성빈이에게 '꼭 명창이 되라.'며 격려해 주셨다.

후일 사회복지사 선생님이 말씀하시길 첫날 성빈이를 데리고 왔을 때 큰 기대는 하지 않았는데 막상 성빈이 공연 모습을 보고 깜짝 놀랐다며 모셔 와야 할 스타가 스스로 찾아와 주었다고 고마워했다.

그렇게 그 요양병원 어르신들과의 첫 만남 후 3년째 여름, 겨울, 봄방학 때마다 어르신들을 정기적으로 찾아뵙고 있다. 지난 여름방학에 찾아뵈었을 때는 가슴 아픈 소식을 들었다. 성빈이가 공연을 가면 성빈이 손을 잡고 춤추기를 좋아하던 할머니께서 돌아가신 것이다. 그렇지 않아도 지난번에 왔을 때 그 할머니가 안 보이셔서 사회복지사 선생님께 물어보았더니 몸이 안 좋으셔서 내려오지 않았다고 했는데 그 사이에 세상을 떠나신 것이다. 그때 나는 어르신들께서 성빈이를 보고 싶다 하실 때 찾아뵈어야겠다고 마음먹었다. 죽음에 대해 잘 모르는 성빈이가 할머니의 별세로 사람은 죽음으로 영원히 이별을 한다는 사실을 피부로 느끼는 듯했다.

치매를 앓고 있는 어르신들도 성빈이 이름은 잊어버리지 않으실 정도로 요양병원 어르신들과 성빈이는 한가족이 되었다.

"어머니, 다른 요양원에 근무하는 제 친구들이 어떻게 그런 자원봉사자를 구했느냐고 모두 부러워해요. 제가 성빈이 덕을 많이 보네요. 앞으로 바빠지면 못 올 텐데 걱정이예요."

담당 사회복지사 선생님은 우리 성빈이가 잘될 것으로 믿고 계시는 것 같았다.

"아이고 선생님, 아무리 바빠도 여기는 꼭 옵니다."

전주 성모요양병원은 성빈이 봉사 활동의 첫사랑과 같은 곳이어서 방학 때마다 제일 먼저 일정을 챙긴다. 자원봉사 사이트에는 봉사자의 손길을 기다리는 요양병원이 굉장히 많았다. 고령화로 인한 어쩔 수 없는 사회현상이겠지만 그곳의 어르신들이 얼마나 사람을 그리워하시는지 느끼게 되어, 작년 방학 때부터는 우리도 좀 더 용기를 내어 멀리까지 가 보기로 했다. 그래서 수원의 공동체 생활가정, 서울의 요양센터, 익산의 요양병원 등을 다녀왔다.

처음에 담당자와 상담을 할 때는 성빈이 장애를 말씀드리면 살짝 의구심을 가진다.

"선생님 제가 설명드리는 것보다 인터넷으로 검색을 해 보시는 게 좋겠네예. 어느 사이트나 장성빈으로 검색하시면 자세히 나오거든예."

아들을 자랑하고 싶어서가 아니라 아들이 인정을 받아야 해서 어쩔 수 없이 성빈이를 홍보한다. 어떨 땐 인터넷이 나보다 역할을 더 잘해 내는 것 같다. 이내 담당자로부터 전화가 온다. 그리고 성빈이 공연을 본 후에는 다음 방학 때 꼭 다시 와 달라고 부탁을 한다. 성빈이가 제대로 평가받기 위해서는 일단 성빈이 소리를 들려줘야 하기에 우리는 더 많은 시간과 노력이 필요하다.

익산의 한 요양병원의 수녀님께서는 '성빈이 공연이 어르신들의 치료에 굉장히 좋은 영향을 끼치는 것 같다. 연세도 높으시고 중증의 치매를 앓고 계시는 분들이라 웬만한 자극에는 반응을 나타내지 않는데 성빈이 공연에는 놀라운 반응을 보이셨다.'며 성빈이 공연의 가치에 힐링을 보태 주셨다.

성빈이가 봉사 활동을 할 때 고수를 모실 비용이 없어서 자장단으로 판소리를 하게 되는데 전통 판소리는 고수와 소리꾼이 주거니 받거니 해야 재미도 있고, 소리꾼은 자신의 소리에 집중해야 하는데 스스로 북장단을 치며 소리를 하자니 아무래도 완성도가 떨어질 수밖에 없다. 또 이동할 때 의상에다 장구까지 갖고 가자면 짐이 많아서 봉사 활동을 다녀오면 내가 지친다. 무엇보다 교통비도 부담이 되어 더 많은 분들께 즐거움을 드리고 싶지만 봉사 활동 차원에서 더 멀리까지 가서 위문공연을 지속적으로 한다는 것은 현실적으로 불가능하였다. 좋은 방법이 없을까 고민을 하던 중 작년에 한국문화예술위원회 주최 이음 송년콘서트에 공연을 갔다가 한국문화예술위원회 장애인문화예술 담당자님으로부터 장애 예술인 지원사업에 관한 정보를 듣게 되었다. 지원사업 공고가 뜨기를 기다렸다가 올 초에 응모한 결과 성빈이의 '찾아가는 국악콘서트' 가 선정되었다. 내용은 전국의 10개 복지관 및 요양원을 찾아가는 국악콘서트로 성빈이는 전공자로서의 발표의 기회를 갖게 되고, 문화 소외 계층에게는 문화나눔의 기회가 되는 공연이다. 사업 지원을 받았기에 고수를 대동할 수 있어서 성빈이가 소리꾼으로서 자신의 역량을 최대한 발휘할 수 있게 된 것이 무엇보다 기쁘고, 판소리뿐만 아니라 남도민요, 한국무용, 1인 소리극 등 성빈이 그동안 쌓아 온 예술적 기량들을 선보이는 다양한 무대를 가질 수 있어서 더욱 기쁘다.

도전 또 도전

...

성빈이가 대회 곡 한 곡을 준비하기 위해서는 몇 달 동안 연습을 하면서 다듬는다. 그리고 대회를 통하여 기량의 향상 정도를 평가받고 부족하면 또 다듬고 다듬어서 자신만의 소리를 하나씩 만들어 가고 있다.

올해 판소리 입문 10년이 된다. 소리꾼으로서 무대 위에서 어느 정도 자신의 역량을 펼칠 수 있는지를 알아보는 냉정한 평가가 필요하다. 그래서 우리는 '찾아가는 국악콘서트'가 바로 그런 시험의 장이 될 것으로 믿기에 대중에게 친근하게 다가갈 수 있는 레퍼토리를 개발하고 있다. 그리고 무대 위에서 처음 실현해 보는 1인 소리극을 위해 현재 연극학원에서 전문 지도를 받고 있다. 지속적인 훈련과 캐릭터 연구 등으로 성빈이만의 작품으로 완성시켜 나갈 것이다. 이 작품을 훌륭히 소화해 낼 수 있다면 차기에는 스토리가 있는 1인 소리극에 한번 도전해 보고 싶다.

많지는 않지만 현재 우리나라에는 장애를 갖고 국악을 하는 장애 국악인이 있지만 발달장애 소리꾼은 몇 명 안 될 뿐 아니라 경쟁력을 갖추어 전공으로 입문하기로는 성빈이가 첫 사례여서 학교 선생님들 뿐 아니라 많은 명창 선생님들이 성빈이의 성장 과정을 관심 있게 지켜보고 계신다. 최초로 1등을 했던 달구벌 국악경연대회에서 심사위원 선생님들이 성빈이는 '발음은 부족하지만 성음과 목구성이 좋고 감정 표현력과 장단 감각이 뛰어나다.'고 하셨다.

발음의 문제는 늘 무대 위에서 핸디캡으로 작용하지만 중학교 때 어떤 심사위원 선생님께서는 "발음만 좋다고 판소리를 잘하는 건 아니다. 성빈이는 자신이 가진 다른 재능이 자신의 단점을 다 커버하고 있기 때문에 높은 점수를 받은 것이다."고 큰 용기를 주셨다.

성빈이는 '판소리를 하는 장애인'이 아닌 온전한 소리꾼으로서의 역할을 해 내기 위해서 늘 자신과 싸우고 있다. 14년간 언어치료를 하고 있고 일상 대화 중에도 나는 늘 성빈이 발음을 지적하고 몇 번씩 되풀이시킨다. 우리는 대화가 언어치료이다. 처음 판소리를 할 때 성빈이는 호흡이 너무 짧아서 소리가 실국수 부서지듯 툭툭 끊기곤 했었다. 초등학교 6학년 무렵이 되자 비로소 성빈이 소리가 들을 만하다는 칭찬을 들을 수 있었다. 판소리가 호흡 교정에도 긍정적인 영향을 끼쳤다는 것인데 이렇듯 판소리는 성빈이의 장애를 치료해 주는 수단이 된다.

노래와 소리를 할 때 호흡의 중요성을 더 절실하게 깨닫게 되어 호흡의 안정을 돕기 위해 보컬전문학원에서 1년 6개월간 트레이닝을 받기도 하였다.

처음에는 무대에 대한 두려움이 없어서 마냥 좋아하기만 했던 성빈이가 이제는 긴장감을 숨기지 못한다. 특히 판소리 대회나 실기 시험 등 비장애인 친구와 불가피한 경쟁을 해야 할 때, 점수가 공개되고 순위가 정해지고 남과 비교당할 수밖에 없는 환경에서 그런 현상이 더욱 두드러진다. 나는 성빈이가 자신의 소리에 대한 책임감을 느낄 정도로 발전했다는 점에서 긍정적으로 생각하지만 그래도 안쓰럽다.

이 긴장감을 잘 다스려서 최상의 컨디션을 스스로 조절할 수 있는 능력을 길러 내는 것도 우리가 해내야 할 숙제이다.

명창 선생님들 중에는 대회 때 두세 번 정도 성빈이 심사를 맡아보신 분들이 있다. 판소리를 시작한 지 10년이 되었고 그동안 많은 대회에 출전했었기에 많은 선생님들이 자연스레 성빈이의 성장 과정을 지켜보게 되는데 다행히 대회에 나갈 때마다 '지난번보다 소리가 좋아졌다.'며 격려해 주셨다. 그런 따뜻한 말 한마디에 우리는 얼마나 큰 힘을 얻는지 모른다.

대회도 공부다
(구미에서 열린 제1회 구미국악경연대회에서 성악 부문 금상을 수상하다)

전주예고 국악과의 자부심 남상일 명창과 함께

소소한 행복

...

사람들은 성빈이에게 '어머니께 잘해야 한다.'며 내가 성빈이 때문에 고생만 한다고 생각한다. 하지만 성빈이가 나에게 주는 기쁨이 더 많다. 성빈이의 눈높이에서 보는 세상은 꽤 살맛 나는 세상이다.

초등학교 때 중국집에 음식을 배달시킨 적이 있었다. 여름방학이 시작되던 무렵이어서 날이 꽤 더웠고 계단을 올라오느라고 아저씨 얼굴에 땀이 흘러내렸다.

성빈이가 호주머니에서 수건을 꺼내어 '아저씨 힘드시죠?' 하면서 아저씨 얼굴의 땀을 닦아 드렸다. 그런데 그다음 날 그 아저씨가 우리 집에 탕수육을 가지고 오셨다.

"어머 우리 배달 안 시켰는데요?"

"어제 성빈이에게 너무 감동을 받았어요. 집에 가서 생각해 보니 고객한테 이런 진심어린 대접을 받아 본 것이 처음이더라구요. 너무나 고마워서 성빈이한테 선물하는 거예요. 내가 줄 수 있는 게 이것밖에 없어서."

그 말에 오히려 내가 고마워서 탕수육 값을 드리려고 했지만 한사코

돈을 받지 않으셨다.

우리 성빈이만이 줄 수 있는 특별한 행복은 얼마든지 많다.

초등학교 시절 성빈이가 아침에 등교를 하자면 중학교 앞을 지나가
게 된다.

중학교는 초등학생들보다 등교 시간이 빠르다. 성빈이가 등교할 즈
음이면 중학교 운동장에는 지각한 학생들이 단체로 지도부 선생님께
꾸중을 들으며 벌을 받고 있는 광경이 종종 보인다.

우리는 '지각해서 혼나는가 보다.' 하고 그냥 지나친다. 그 학생들
이 지각을 해서 선생님께 벌 받는 상황에 개입할 이유도, 권리도 없기 때
문에 상관하지 않는다. 그것이 우리들로서는 상식적인 행동이라고 생
각하고 있다. 하지만 성빈이의 상식은 우리의 상식과 다르다. 순식간에
쫓아 들어가서

"선생님! 형, 누나들을 용서해 주세요."

성빈이는 벌을 서는 형, 누나들이 불쌍해서 두 손을 모으고 애원하였
다. 선생님은 처음 벌어진 상황이라서 어리둥절해하셨지만 곧 '너 중학
교 우리 학교로 와라.' 며 성빈이를 칭찬해 주셨다.

성빈이가 갖고 있는 상식의 모양과 빛깔이 우리가 가진 것보다 순수
하고 예쁘다는 사실을 사람들도 인정한다. 하지만 그렇게 살면 안 된
다고 생각한다. 왜냐하면 세상이 너무나 각박해지고 있기 때문이다.

초등학교 1, 2학년 담임을 맡으셨던 이영숙 선생님께서 2학년 말에

정년을 얼마 앞두고 퇴임을 하시게 되었다. 평생을 교직에 몸담으셨던 선생님께서 마지막 수업을 하던 날 그 마음이 어떠셨을까?

아이들 앞에서 차마 내색을 못하셨겠지만 정들었던 교단을 떠나시는 심정이 얼마나 서운하고 만감이 교차하셨을지 어른인 우리로서는 미루어 가늠해 볼 수 있지만 아이들은 그저 똘망똘망한 눈으로 작별인사를 하는 선생님을 바라보고만 있었다. 그때 성빈이가

"선생님, 가지 마세요." 하면서 달려 나와 와락 선생님을 끌어안았다. 선생님은 성빈이를 부둥켜안고 마음껏 울 수 있었다고 한다. 이영숙 선생님은 지금도 '성빈이가 평생의 교직 생활에 가장 보람되고, 보고 싶은 제자'라고 하시며 좋은 소식을 들려드릴 때마다 너무너무 자랑스럽고 행복하다며 기뻐하신다.

그 이후 다른 학교로 전근을 가시게 되는 선생님들은 '성빈아, 선생님 가지 마세요 하고 나도 좀 말려 줄래?'라고 하시어 한바탕 웃을 정도로 유명한 일화가 되었다.

성빈이는 자기 마음에서 우러나오면 솔직하게 표현을 한다. 이영숙 선생님은 오늘의 성빈이가 있게 해 준 정말 잊을 수 없는 고마운 스승이시다. 엄마도 모르고 있던 성빈이 잠재력을 발견해 주셨으니 말이다.

우리 모자는 시간이 날 때마다 우리에게 고맙게 해 주신 분들의 이야기를 하며 그분들에게 보답해 드리는 방법은 성빈이가 꿈을 이루는 것이라고 다짐하곤 한다.

우리 가족

...

성빈이 형이 대학 시절 장애인 재활시설에서 봉사 활동을 하였는데 한번은 우리도 따라갔다. 그곳은 종교재단에서 운영하는 지적장애인 재활시설이었는데 우리는 시설이란 곳을 처음 접하게 되었다. 몇 년 전 만해도 운영자에 의해 원생들이 사슬에 묶여 감금당하는 등 인권 유린 이 자행되던 시설이었는데 종교재단에서 인수를 해서 많이 달라졌다고 한다. 그곳에는 성빈이처럼 어린아이도 있었는데 그 아이는 엄마가 곧 자기를 데리고 올 것이라고 말했지만 대개 이곳에 보내진 아이들은 거 의 보호자가 다시 데리러 오지 않는다고 한다. 저 아이에게는 지금 가 족의 사랑이 가장 필요할 때인데 어린아이에게 낯선 시설에서 엄마만을 기다리게 하는 것은 얼마나 잔인한 일인가? 그곳에는 우리 큰아들 또 래의 청년들도 많이 있었다. 봉사 활동을 마치고 집으로 돌아가는 우 리 셋을 얼마나 부러운 눈으로 쳐다보는지 나는 그저 미안할 뿐이었다.

그때 우리 가족은 가장 힘든 시점에 있었지만 돌아오는 길에 스스로 에게 맹세를 했다.

"우리는 얼마나 많은 것을 가졌니? 함께 울고 웃을 수 있는 가족이 옆에 있으니. 우리는 죽어도 같이 죽고 살아도 같이 살자. 어떤 힘든 일이 있어도."

성빈에게만 매달리는 것이 우리 가정의 행복을 지키는 일이 아니라고 말하는 사람들도 있었지만 엄마를 기다리는 아이들을 보니 내 선택이 옳았다는 확신이 생겼다.

성빈이가 어렸을 때는 버스에 타면 제일 뒷좌석으로 갔다. 성빈이 목소리가 크고 말이 어눌하다 보니 성빈이가 버스 안에서 한마디 하면 모두 다 돌아보는 시선이 너무 불편했기 때문이다. 그날도 제일 뒷좌석에 앉아 성빈이와 이런저런 이야기를 목소리 낮춰 주고받았다. 그때 한 멋쟁이 부인이 내 옆에 와 앉았다. 한참 동안 우리 둘의 이야기를 듣더니 '우리 애도 특수학교에 다녔어요.' 라며 운을 뗐다. 장애아를 키우는 부모들은 서로 마음이 통하는지라 나는 아이의 소식을 물었다. 몇 살인지? 지금은 어느 학교에 다니는지 등.

"우리 아이는 특수학교 고등학교 과정을 졸업했구요. 지금은 집에 없어요."라고 하길래 나는 딸이 기숙사가 있는 대학교에 갔느냐고 물어보았다.

그 엄마가 말하기를 딸이 집을 잘 찾아오지 못해 몇 번이나 딸을 잃어버렸다가 찾곤 했는데 마지막으로 잃어버렸을 때는 어느 시설에 있다는 것을 알고 딸을 데려오지 않았다는 것이다.

"왜냐면……."

그 엄마는 고해성사와 같은 이야기를 내게 들려주었다. '건강한 두 동생이 있는데 다른 딸들의 미래에 큰딸이 걸림돌이 될까 봐.' 라며 말끝을 흐렸다. 장애아가 있는 가정에는 건강한 형제, 자매가 피해자 아닌 피해자가 된다고들 한다. 우리 집만 해도 나이 차이가 워낙 많이 나서 덜하긴 하지만 큰아들에게 미안한 점이 한두 가지가 아니다. 그렇다 하더라도 꼭 그렇게 하는 것만이 다른 자식의 행복을 보장하는 길일까? 버스에서 내린 그 엄마는 버스가 출발할 때까지 우리를 쳐다보고 있었다.

장애가 있는 가족이 다른 가족의 행복에 걸림돌이 된다면, 살아가다가 사고나 질병으로 사랑하는 가족이 장애를 갖게 된다면 그 역시 나머지 가족들에게 걸림돌이 될까? 무엇보다 부모가 장애 자녀를 사랑해 주지 않으면 누가 우리 장애아들을 사랑해 줄 것인가?

힘들게 부대끼는 고단한 생활이라 할지라도 성빈이와 함께하는 삶 속에서 우리는 진정한 행복을 느끼고 있다. 네잎 클로버의 꽃말은 행운이고 세잎 클로버의 꽃말은 행복이라고 한다. 행복이라는 세잎 클로버는 지천에 널려 있는데 사람들은 유독 네잎 클로버를 찾아 헤맨다. 나는 행운보다는 행복을 뜻하는 세잎 클로버를 더 좋아한다.

최선의 선택

...

장애아들은 다른 아이들이 하지 않아도 되는 언어치료, 심리치료, 음악치료 등에 많은 시간을 투자한다. 그러다 보니 자연히 학습의 격차가 더 벌어지고 있음을 느끼게 되었다. 어느 순간 결단이 필요했다. 성빈이가 좋아하고 잘하는 분야에 주력할 것인가? 성빈이가 다른 아이들에 비해 부족한 부분을 채우는데 주력할 것인가? 그 둘을 다 해내기엔 성빈이나 나에게 너무나 벅찼다. 아니 솔직히 말해서 그것은 불가능했다. 그렇게 다 해 낼 수 있으면 왜 장애라고 하겠는가. 그래서 나는 성빈이가 잘하는 일에 온 힘을 쏟기로 했다.

성빈이의 언어장애를 걱정해서 기악을 권하는 분들도 있었고 몸놀림이 예쁘니 전공과목을 무용으로 바꾸는 게 더 좋지 않겠느냐는 의견을 주신 분들도 있었다. 어떤 선생님은 성빈이가 장단 감각도 좋고 판소리에 대해서 많이 아니 전문고수로 나가는 것도 괜찮을 것 같다고 하셨다.

성빈이가 어렸을 때는 나도 그런 걱정을 했었다. 만약 끝내 언어가 되지 않으면 사물놀이가 괜찮을 것 같아서 학교 사물놀이 팀에 보냈다. 성빈이는 장단을 잘 외웠고 금방 진도를 따라갔다. 느린 장단에서는 다른 아이들과 장단이 맞았지만 빠른 장단에서 성빈이 손놀림은 두드러지게 티가 났다. 그럴 경우 팀의 장단을 깨트리게 되어 합주는 불가능하다. 어깨와 손목의 힘 조절도 중요한데 성빈이는 긴장을 하면 근육의 경직 현상이 있다.

사물놀이 선생님도 성빈이는 1인 예술인 판소리가 더 좋을 것이라 하셨다.

사물놀이를 오래하진 못했지만 그래도 그 과정에서 얻은 것이 있다. 장구 기본 장단을 배우게 되었고, 장구는 성빈이에게 친구가 되었다. 학교에서 연주회 연습을 할 때 선생님이 안 계시면 성빈이가 선생님 대신 장구장단을 치기도 한다. 그리고 자장단으로 자신이 부르고 싶은 민요를 맘껏 부를 수 있게 되었고 지금은 요양원에서 반주자 역할까지 하니 얼마나 요긴한 배움이었던가.

판소리를 하는 사람은 고법을 필수로 배워야 한다. 경제적인 사정으로 개인 레슨을 시킬 수는 없었지만 도립국악원과 소리문화원의 프로그램에 등록해서 기초 과정을 배웠고 집에서도 늘 명창 선생님들의 판소리를 들으며 장단을 치기도 하고, 혼자 판소리 연습을 할 때 자장단을 하기도 한다. 따로 연습하지 않아도 언제든지 현장에서 자장단이 가능한 이유는 오랜 시간을 통해 놀이처럼 자연스럽게 몸에 배었기 때문이다. 기회가 주어진다면 전문 공부를 더 해서 고수대회에 정식으로 한번 출전해 보고 싶다.

　고수대회에서는 명창 선생님의 소리에 북 반주를 하면서 기량을 평가받게 되는데 판소리를 너무나 좋아하는 성빈이에게는 명창과의 공연이 얼마나 신나는 대회가 될지 상상만 해도 멋있다.

　옛날의 명창 선생님들은 가무악을 두루 섭렵하신 분들이 많았다. 민요, 고법, 그리고 악기 하나 둘 정도는 기본으로 다루셨고 작창(창을 작곡하는 것)까지 하시는 선생님들도 있다. 우리는 판소리를 잘한다는 기준이 무대에서 선생님께 배운대로 똑같이 실수 없이 잘 부르는 것이 전부라고는 생각지 않는다. 어느 시점에 가서는 자신의 소리로 완성을 해야 한다. 선생님이 뼈대를 세워 주시면 살을 붙이는 건 자신의 재능과 역량, 노력에 달려 있다는 것도 잘 알고 있다. 그리고 국악에 있어 가무악에 대한 이해와 공부는 매우 중요하다고 생각한다.

　성빈이는 1년간 민요를 개인지도로 배웠는데 이는 성빈이의 공연 무대를 더욱 풍성하게 하는 예술적 자산이 되었다. 다양한 레퍼토리를 갖고 있기에 요양원에서 다른 게스트의 도움 없이 혼자 한 시간의 공연을 해 낼 수 있었고 이것은 찾아가는 콘서트의 중요 프로그램이 되었다.

　민요 명창 선생님께서 성빈이에게 민요 공부를 간곡히 권하신 이유는 민요는 판소리에 비해 사설(대사 부분)의 부담이 없어서 꾸준히 공부한다면 성빈이가 무대에서 언어장애의 구애 없이 훨씬 자유롭게 완성도 높은 소리를 할 수 있다는 점 때문이었다.

그래도 성빈이의 목표는 판소리 명창이기에 언어와의 싸움이 얼마나 더 길어질지 모르지만 지금도 우리는 그 길을 가고 있다.

2015년 광주송년콘서트 고수 첫 무대

전주예고에 가다

...

중학교 3년이 눈깜짝 할 사이에 지나갔다. 중학교는 예술교육을 전문적으로 받기 위한 첫 관문이었다. 장애아에게 첫 관문은 통과의례를 톡톡히 치러야 겨우 통과할 수 있다. 고등학교 진학은 중학교 진학보다는 수월했지만 그렇다고 아픔이 없었던 것은 아니다.

고등학교는 대학교에 가기 위한 관문이어서 대학 입시를 생각해야 했다. 그래서 우리는 최종 목표를 서울로 정하고 계속 예술고등학교 특별전형 소식에 촉을 세우고 있었는데 마침 서울에 있는 국립전통예술고등학교에 특별전형이 생겨 우리는 서울 진학을 꿈꾸게 되었다. 그러나 특수교육 시스템이 없는 가운데 특별전형이 먼저 생겨난 점을 학교 측에서 사전에 공개하였다. 그리고 입시 실기시험과 점수는 전주예중 때처럼 비공개로 진행되었다. 3명 정원에 2명이 지원한 상황에서 성빈이가 불합격한 것을 처음에는 받아들이기가 힘들었다. 성빈이가 너무 긴장을 해서 실기시험 때 제 기량을 못 펼친 것인가? 예중 선생님들과 성빈이의 불합격 원인에 대해 사후에 많은 의견을 주고받았지만 그

것이 무슨 의미가 있으랴. 그 밖에 다른 사정이 있다 하더라도 우리는 그저 미루어 짐작할 뿐이다. 더 이상 논쟁을 하지 않았으며 성빈이 불합격 사실을 그대로 받아들였다. 한동안 성빈이는 상심에 빠져 있었다.

　중학교 입학을 이끌어 주셨던 박교선 교감 선생님께서 전주예술고등학교로의 진학을 적극적으로 권하셨다. 성빈이가 새로운 환경에 적응하기 위해 소요되는 시간을 줄여 주는 것이 성빈이 공부에 더 도움이 되지 않겠느냐고 설득하셨다.

　박교선 교감 선생님께서는 교장 선생님께 '장애 학생의 입학을 어떻게 생각하시느냐?'고 미리 의사를 타진하셨다고 한다. 특수교육 시스템이 없기는 전주예고도 마찬가지이기 때문이다. 교장 선생님께서는 '나는 장애 학생에 대해 아무런 편견도 갖고 있지 않다.'라는 답변을 주셨다고 한다. 어느 학교로 가더라도 특수교육 시스템이 없는 상황이라면 여전히 성빈이가 감당해 내야 할 몫의 상처는 있다. 그렇다면 우리의 선택 기준은 성빈이를 지지해 주는 선생님들이 계신 곳이다. 시스템이라는 것은 결국 사람에 의한 것이니 말이다.

　교감 선생님도 때마침 예고로 발령이 나서서 고등학교 과정에서도 성빈이에게 큰 도움을 주고 계신다.

　지금은 아쟁에 입문하여 기초 과정을 배우고 있다. 아쟁은 사람의 목소리와 가장 비슷한 음색을 지닌 악기라고 한다. 성빈이의 소리에 대한 목마름을 한층 달래줄 수 있을 것이며 대학교 부전공에 대비한 준비이

기도 하다.

　성빈이는 한국예술종합대학과 서울대학교 음악대학 진학을 목표로 준비하고 있다. 한예종 특별전형은 전통연희과만 있고 한국음악 성악과는 없는 상태여서 성빈이는 일반전형에 도전을 해야 하며 서울대학교 음악대학은 서양음악과 한국음악과를 합해서 2명만 선발하기 때문에 자신의 몸이 악기인 성빈이로서는 언어장애를 안은 채 기악과 경쟁한다는 어려움이 있지만 성빈이는 포기하지 않는다. 장애인의 장기자랑이 아닌 전문 소리꾼으로 거듭나고 싶기에 우리의 목표는 높고, 우리는 최선을 다한다.

　그래서 성빈이는 고등학교 3년은 대학 진학을 준비하는 기간으로 보내고 있다. 관련 전문 서적을 사서 책장이 나달나달해지도록 반복해서 읽고, 자기 나름대로 자료를 분류해서 판소리와 사설민요 폴더를 만들어 가고 있다. 그 또래의 아이들이 명문대학교를 목표로 입시 준비를 하며 기울이는 노력과 별반 차이가 없다.

아리랑 소년 등극

...

　성빈이가 2015년 제3회 서울아리랑페스티벌에서 아리랑 연곡을 불러 대상을 수상하였다. 솔직히 나도 놀랐다. 페스티벌 참가자들은 모두 국악 분야에서 별이 될 인재들이었고 연희, 소리, 몸짓 부문의 각 부문별 금상 수상자끼리의 경합을 거쳐 대상을 수상하였기에 그 상의 의미는 더 크다 할 것이다.

　서울에 장애인문화예술축제가 있어서 올라갔다가 서울아리랑페스티벌이 있다는 것을 알게 되었는데 마침 장애인문화예술축제에서 성빈이한테 요구한 레퍼토리가 아리랑이었다. 아리랑을 한 곡만 부를 수 없어서 빠른 템포와 느린 템포의 아리랑을 섞어서 아리랑 연곡을 만들고 나라를 빼앗긴 한을 노래하는 슬픈 장단에서는 한국무용 살풀이로, 빠르고 신명나는 장단에서는 싸이의 말춤으로 안무를 짰다.

　대회를 준비할 때 나와 성빈이는 에너지가 넘친다. 나는 성빈이를 자신의 자유로운 예술성과 독창성을 가장 잘 표현할 수 있는 무대에 세워 보고 싶었다. 그리고 광화문 광장에서 자신만의 아리랑을 부른다는 것은 얼마나 멋진 일인가. 그런 무대에 서 보는 것만으로도 큰 공부가 되기에 기쁘게 참가했던 것이다. 만약 아리랑을 노래로만 불렀다면 어느 판소리 대회 때처럼 심사위원 선생님들께서는 발음에 집중하셨을지 모르겠으나 곡의 흐름에 따라 살풀이와 부채춤, 말춤을 곁들인 안무가 아리랑의 느낌을 시각적으로 표현하는데 큰 효과를 보인 것 같다.

심사평에서 심사위원 전원 만장일치로 성빈이가 대상에 선정되었다며 선정 이유는 '아리랑 정신을 가장 잘 나타내었다.'는 것이었다. 시상식장에 당당히 서서 대상 수상을 받는 성빈이를 보며 두 팔을 번쩍 들어 올렸다.

―우리 아들, 성빈이 만세!

속으로 이렇게 외치고 있었던 것이다.

그날 저녁 연합뉴스에 이런 기사가 실렸다.

이날 아리랑 연곡은 마치 장성빈 군의 성장 과정과 흡사해
또 다른 감동을 안겼다. 실의와 좌절의 아픔을 딛고
꿈과 용기로 웅비하는 모습과 사뭇 닮아서였다.
장 군의 지금은 신명의 세상으로 막 날개를 펴는
시점이라고 하겠다.

성빈이는 한국장애예술인협회의 추천으로 2016년 제36회 장애인의 날에 훌륭하게 장애를 극복한 장애인에게 주어지는 제20회 올해의 장

애인상에 선정되어 대통령상을 수상하였다. 장애 속에서 남다른 업적을 일궈 낸 분들이 많은데 나이도 어린 성빈이에게 이런 큰 상을 주신 것은 너무나도 과분하다.

감사하다는 말로는 우리 마음을 전하기 너무나 부족하여 감사 인사도 제대로 못하였다. 성빈이의 꿈을 격려해 주신 것이기에 그 기대에 부응하는 삶을 살아가도록 앞으로 더욱 노력할 것이다.

말을 타고 하늘을 달리던 그 태몽이 틀렸다고 실망을 하였지만 지금 생각해 보면 성빈이는 앞으로 더욱 발전하여 자신의 기량을 마음껏 발휘할 것이기에 말을 타고 하늘을 달리는 것이 맞다.

신명의 세상을 향해
(광화문 일대에서 열린 서울아리랑페스티벌에서
부문별 금상도 영광일진데 최종경합에서 대상을 수상하다)

소명을 받다
(대통령상은 성빈이 잘해서 받은 것이 아니라 앞으로의 삶을 통해 사회와 장애인들을 위해
해야 할 일을 부여해 주시고 그것을 응원하기 위해 주신 것이라 생각한다)

뼛속까지 소리꾼

...

   명창 김소희 선생님께서는 '국악인이 되기 전에 먼저 사람이 되어야
한다.'고 하셨다. 예술적 기량만 탁월하다고 해서 진정한 명창이 되는
것이 아니며 광대의 4가지 조건 중 첫째 조건 인물에는 인품 또한 포함
된다고 우리는 생각하고 있다. 그래서 성빈이는 판소리 사설집 안에 그
글을 써 놓고 소리꾼으로서 자신의 좌우명으로 삼고 있다.

   얼마 전 페이스북에 이런 소식이 올라왔다. 뇌종양을 가진 아기가 교
황님의 안수기도를 받고 뇌종양이 다 나았다는 기적에 관한 얘기였다.
그 아기는 뇌종양으로 인해 중증의 장애를 갖게 되거나 생명 또한 장
담할 수 없다는 의사의 판정이 있었다고 한다. 그런 상황에서 뇌종양이
사라졌다는 것은 그야말로 기적이 아닌가?
   늘 발음과 씨름을 해야 하는 성빈이를 보면서 간혹 이런 생각을 하
기도 한다.
   ─성빈이에게 언어장애가 없으면 성빈이가 무대에서 얼마나 빛날까?

거침없이 자신의 꿈을 향해 달려 갈 텐데……

그래서 성빈이에게 말했다.

"나는 네게도 그런 기적이 일어났으면 좋겠다. 그러면 네가 판소리를 할 때 마음껏 자유롭게 소리할 수 있을 텐데……."

그랬더니 성빈이는 한점의 망설임도 없이 아주 단호하게 말했다.

"내게서 장애가 없어지면 내 소리에 한(恨)도 사라지는 거야. 나는 내 소리의 한을 위해서 이대로 살아갈 거야."

영화 〈서편제〉에는 유봉이가 판소리를 하는 양녀 송화에게 '너의 소리는 예쁘기만 할 뿐 한이 없다.'며 약을 먹여 딸의 눈을 안 보이게 만든다. 영화 후반부에는 자신의 소리를 완성한 주인공이 그토록 그리워 하던 사람을 만나 밤새도록 운우(雲雨)의 정을 나누듯 소리를 하지만 자신의 한을 다치고 싶지 않다며 결국 그를 모른 척 돌려보낸다.

성빈이도 〈서편제〉를 보며 자신의 장애를 진정한 소리꾼이 되기 위한 한(恨)이라고 받아들였던 모양이다. 성빈이는 엄마가 가르쳐 주지 않아도 하나씩 깨우쳐 가고 있었다. 이제 성빈이는 뼛속까지 소리꾼이 다 된 것 같다.

예전에 성빈이는 아무리 노력해도 온전해지지 않는 자신의 발음과 건강한 다른 친구의 발음을 비교하면서 '다시는 장애로 태어나지 않을 래.'라고 말한 적이 있어서 몹시 마음이 아팠다. 그때 무슨 말로 위로를 해 줘야 할지 몰라서 나는 이렇게 말해 주었다.

"나는 네가 또다시 나의 아들로 태어나고 그 어떤 장애의 모습으로 또 내게 온다 해도 나는 너와 함께 같은 길을 갈 것인데."

그 후 성빈이는 장애로 태어난 것을 원망하는 말을 하지 않았는데 이
제는 장애를 소리의 한으로 승화시켰다.

득음을 하고 명창이 된다는 것은 오롯이 한 길을 가야만 하고 평생
을 바쳐야 하는 일이다. 이십 년쯤 후, 성빈이가 발음의 한계를 완전히
극복해 내고 자신의 소리를 완성해서 명창부 장원상을 받는 날까지
나와 성빈이는 쉬지 않고 달릴 것이다.

우리가 노력하는 만큼 사회 인식도 달라지리라 굳게 믿고 있다. 발달
장애 때문에 어쩔 수 없이 생긴 발음의 문제를 어떻게 극복하여 득음을
하는지를 지켜봐 주십사 하는 부탁을 드린다.

성빈이는 최종 판소리 다섯 바탕 완창을 목표로 하고 있으며 한바
탕씩 도전을 실현해 나갈 것이다. 3시간 넘게 이어질 완창 무대는 성빈
이의 소리에 대한 열정과 장애인이 아닌 소리꾼으로서의 진면모를 보여
줄 수 있을 것이다.

이렇게 심각한 결심을 하면서 성빈이는 묻는다.

"엄마, 그 선생님은 방석에 앉으실 수 있을까?"

모시고 싶은 선생님 가운데 휠체어를 사용하는 분이 있어서 성빈이는
그것이 가장 먼저 걱정이 되는 것이다. 성빈이가 예쁘고 성빈이 소리가
맑은 것은 바로 이런 다른 사람에 대한 순수한 사랑 때문이다. 이렇게
세상을 향해 온통 사랑만을 쏟아 내고 싶은 아이이다.

성빈이의 사랑이 이제는 짝사랑이 되지 않길 바란다. 성빈이가 판소리를 통해 외치는 소리가 공허한 메아리로 되돌아오지 않도록, 여러분의 가슴속에서 메아리칠 수 있도록 마음을 열어 주시길 기다리며 나는 성빈이의 성장을 위해 최선을 다할 것이다.

적벽가를 꼭
완창 하고 싶어요

2016년 장애인개발원 화보

오직 신명만이 우리에게

(병원에 계시는 분이나 성빈이는 아픈 점에서 닮은 점이 많지만
함께 노래 부르고 춤출 때 모든 걸 잊을 수 있다)

할머니는 소녀시대
(어렸을 때의 동요나 젊으셨을 때 좋아하셨던 노래를 즐겨 부르시는 어르신들)

2006. 12. 10   제2회 전국아마추어 전통예술경연대회 장려상

2007. 06. 17   제18회 대구국악제 전국국악경연대회 장려상

2008. 06. 08   제19회 대구국악제 전국국악경연대회 장려상

2010. 06. 12   제21회 대구국악제 전국국악경연대회 특별상

2010. 09. 30   제17회 달구벌 전국청소년국악경연대회 최우수상

2010. 10. 08   제26회 전국 초·중학생 음악경연대회 국악 부문 장려상

2011. 05. 08   제38회 춘향국악대전 초등부 판소리 부문 우수상

2011. 11. 07   제24회 어린이 판소리 왕중왕전 장려상

2011. 11. 09   제5회 전국장애청소년예술제 노래 부문 최우수상

2011. 11. 26   제1회 전국구미청소년국악경연대회 성악 부문 금상

2012. 02. 16   범물초등학교장상(학교를 빛낸 어린이 및 모범봉사상)

2012. 03. 02   전주예술중학교 국악과 공동수석 입학

2012. 03. 25   제4회 남해성 전국판소리경연대회 중등부 대상

2012. 04. 08   제20회 대전국악경연대회 장애인부 대상

2012. 07. 17   제6회 전국장애청소년예술제 노래 부문 우수상

2012. 09. 25   제1회 무지개예술축제 동상

2012. 10. 28   제20회 금파강도근 판소리대회 중등부 최우수상

2012. 10. 31   제5회 장애 학생 음악콩쿠르 중등부 개인 부문 금상

2012. 12. 03   2012 장애인문화예술제 제3회 예끼가요제 꿈상 수상

2013. 04. 26   제40회 춘향국악대전 중등부 장려상

2013. 05. 26   제18회 전국판소리경연대회 중등부 최우수상

2013. 09. 09   제18회 완산국악대제전 판소리 중등부 최우수상

2013. 10. 28   제16회 전국남도민요경창대회 중등부 대상

2013. 10. 31   제6회 장애 학생 음악콩쿠르 한국음악 부문 금상/중등부 대상(교육부 장관상)

2013. 11. 06   제2회 무지개예술제 은상

2014. 06. 14   제1회 전라북도 자랑스런 청소년상 장애 부문 수상(전북도지사상)

2014. 07. 12   제3회 전국학생 농민요 경연대회 중등부 대상

2014. 07. 18   제15회 공주박동진판소리 명창·명고대회 중등부 장려상

2014. 08. 23   제2회 대한민국장애인예술경진대회 스페셜K(대중음악 부문 우수상)

2014. 08. 31   제14회 국창 정정렬 판소리경연대회 중등부 우수상

2014. 09. 16   제16회 전국중고생자원봉사대회 동상

2014. 09. 20   제24회 군산전국학생전통예술경연대회 최우수상
2014. 09. 27   제14회 LG드림페스티벌 가요 부문 인기상
2014. 09. 28   제8회 전국아리랑경창대회 중고등부 은상
2014. 11. 01   제2회 대한민국청소년국악제 금상
2014. 11. 26   제3회 무지개예술제 장려상
2015. 07. 19   제20회 전국판소리경연대회 장애인 부문 우수상
2015. 08. 23   제4회 2015 K-POP스타 선발대회 〈한류상〉
2015. 09. 04   제9회 전국장애청소년예술제 노래 부문 장려상
               제9회 전국장애청소년예술제 무용&댄스 부문 입선
2015. 09. 11   제3회 대한민국장애인예술경진대회 노래 부문 입선
2015. 10. 11   2015 제3회 서울아리랑페스티벌 아리랑경연대회 대상
2015. 11. 17   제4회 무지개예술제 대상(경상북도지사상)
2016. 04. 16   서초구 스페셜콘서트 장애인예술제 2위
2016 .04. 20   제36회 장애인의 날 기념 제20회 〈올해의 장애인상〉 대통령상

| 주요 경력 |
2008   대구청소년국악제 참가
2011   2011년 동부 청소년국악관현악단 정기발표회 출연
2012   장애인문화예술지원센터 전시&연주회 특별출연
2013   전주세계소리축제 꿈나무 소리판 공연
2013   한국소리문화의 전당 오정해 소리 이야기(당신이 있어 고맙습니다) 특별출연
2013   김제 〈청소년과 함께하는 나라사랑 문화제〉 특별출연
2013   한국문화예술위원회 〈예술이 빛나는 밤에〉 출연
2014   주한중국문화원 교류음악회 공연
2014   제2회 한국스페셜올림픽위원회 주최 스포츠통합대축제 특별출연
2014   제2회 김제 〈청소년과 함께하는 나라사랑 문화제〉 특별출연
2015   월드비전 전국직원 연수회 토크콘서트 출연
2015   장애인의 날 특별기획 공연 국립국악원 〈우리도 스타〉 출연
2015   임방울 국악제 서울 국립극장 축하공연 및 부산시민회관 축하공연(TV조선 생방송)
2015   2015 한국장애인문화예술축제 개막식 및 프린지 공연 출연
2015   한국문화예술위원회 주최 장애인문화예술센터 송년콘서트 출연 外

| 방송활동 |

2010 MBC 지금은 라디오 시대 〈천사들의 독창〉 출연

2010 동구, 수성구 케이블 방송국 〈학교탐방 두드림〉 출연

2011 KBS 1TV 국악한마당 〈국악 놀이터 친구야 놀자〉 출연

2012 KBS 2TV 사랑의 가족 〈꼬마 소리꾼〉 출연

2013 대전 tjb 송년특집다큐 〈모짜르트를 위하여〉 출연

2013 EBS 다큐 〈희망 풍경〉 출연

2013 SBS 스타킹 〈지적장애 판소리 신동〉 출연

2013 KBS 1TV 아침마당 〈화요초대석〉 출연

2014 OBS 경인방송 멜로다큐 〈가족〉 출연

2014 KBS 2TV 사랑의 가족 〈성빈아 네 꿈을 펼쳐 봐〉 출연

2014 KBS 1TV 아침마당 〈가족이 부른다〉 출연 3승 및 왕중왕전 준우승
      (줄타기 한마당 팀원 조동문)